KB134321

이를테면 빗방울

이정란 시집

문예중앙시선
51

이를테면 빗방울

이정란 시집

문예
중앙

북극곰이 온다

두더지가 온다

아직까지 누구도 보지 못한

흙과 얼음의 무늬를 찾았다는 듯이

시

도중이자 행위, 갈 수밖에 할 수밖에

다른 방도가 없는 숨을 쉰다

차 례

해설

□ 한 연이 첫 번째 행에서 시작될 때는 〉로 표시합니다.

1부

석류

그것 외에 아무것도 아니다

빛의 길고 오랜 방랑이 석류를 위해 존재해왔다
태양에 지쳐 모자로 눈을 가리고 언덕에 누운 사이
피로에서 붉음을 빼내 단지 석류에게만 던져 준 것

전생도 후생도 붉음인 석류 앞에 빛깔로 나설 물건이
없다
아,라는 날카로운 칼날에 벌어진 입술이 차가움에 환각
된다

숨을 뱉어 단단함을 연다. 숨이 닿는 순간 부스러지고
갈라져 해체되는 붉음. 소멸과 드러냄을 왕복하는 방식으
로 문을 열고 닫는다. 밀착되지 않는 구석 자리는 몸에 각
을 만들어 밀고 나간다. 더러 튕겨 나가는 밀폐 공간, 폐쇄
를 밀어버리는 광부처럼 입으로 입으로 광맥을 파헤치다

끝내 붉은 기억만
영 캐럿

나이테

잘린 나무 둥치에 비빈 손바닥으로 전신을 문질렀다

세상에서 가장 강한 듯한 시간을 덮어썼다

낯선 경계면에 맞닿았다

또렷한 죽음의 양각이 몸을 새겼다

팔다리는 날아가고 피는 기절했다

솟아나 콸콸 넘치는 시간의 中間에 휘말렸다

몽과 비몽을 뒤섞어 혼인하고

발기한 죽음의 눈물을 다 받아 삼켰다

지금이 막 깨어났다

교차

와르르 무너진 끝장을 보고도 흘러가는 것이 이미지
진위와는 먼 거리에 걸쳐진다, 총천연색

다음 여행지의 예감으로 쓰려던
가방의 빈자리가 이미지로 마감될 수도 있다
여행지에서 뜻밖에 사라진다면, 흑백으로

이미지가 꿈꾸는 이미지는 버려진 채

거짓 사랑은 거짓말을 입에 담지 않는다
그건 자기를 먹어치우는 일

담쟁이덩굴이 숨기는 건 담이 아니다

성급히 수직을 타던 청설모가,   툭
떨어뜨린 솔방울이 내 품에 있다면

청설모를 입에 넣어

청설모를 토해내는 꿈을 백 번 더 꾸고도

나는 당신과 여전히 빈 상자를 던지고 받는다

육면체를 풀어헤친다

등이 무한해지고

앞이 가능해진다

의자

마침내 나는 사람이 되었다
쓰지 못한 무수한 사람이 되었다

시를 쓰다 창밖의 어둠을 살핀다
한 사람이 유리창을 톡톡 두 번 두드렸다

조금, 조금만 더 기다려줘

굶어도 배고프지 않은 며칠을 보내고
책상에서 늦게 저녁밥을 먹었다

"내가 가장 좋아하는 의자입니다"

늙은 목공이 등받이와 네 다리만 있는
의자를 내놓았다

미완성을 오래 완성하고 있는 의자에게
앉을자리는 그다지

흥미로운 관심사가 아니다

기능을 지우면서 시를 써나가자
내 속에서 다 쓴 무수한 사람이 쏟아져 나왔다

의자가 많이 모자랐지만
그들이 서로 의자가 되어 사람이 모자라고
의자가 남아돌았다

나는 그림을 그리지 않는다

내가 그리지 않은 그림 속에서 나는 발견된다
그림은 나를 매일 바꾸고
나는 풍경을 맞추기 위해 나를 끌고 다닌다

벌판을 걷다 알게 된
갈매기를 데리고 그림 속으로 들어간다
춤추는 그림 속에서

눈비가 쏟아진다 깨진 그림 조각들
걷다 보면 생각지도 않은 지도가 열린다
지도에 침이 고이고 침샘에서 별이 반짝인다
나는 암흑을 뱉어버린다

조각난 거울에 여러 개의 풍경이 담겨 있다
거울은 풍경을 흔들고, 풍경은 거울을 내동댕이친다
발목이 들어 있는 구두가 튀어나온다
구두와 발목은 서로를 바라보지 않는다

〉

성장을 멈춘 아이와 뿌리 잘린 나무가

한 쌍의 무덤이 된다 무덤 안에서 나는

처음 본 할아버지의 수염에 내 머리칼을 꼬고 있다

네가 발견되지 않는 장소에서

나는 휘발된다 너는 번개

시든 그림자를 바위에 욱여넣고 그림 밖으로 빠져나간다

목소리

하늘이 컹컹 짖어

꿈속에서 반지를 떨어뜨린 순간 너의 性이 결정되었다고
엄마는 밤의 입술로 말했다

네 아비가 즐긴 술은
내 배꼽에서 발효된 먼지의 일부였어

잘못 눌린 클랙슨 소리처럼
퍼져 나간 술 향에 네 아비는 반미치광이가 되었다

알면 안 되는 그 맛을 숨기고 오랫동안
숲속 발원지에 내 자궁을 묻어두었지

바람의 배짱으로 무성해지는 검불과 새의 깃털을
알아들은 귀는 점점 자라나

온몸이 목소리가 되어

〉

블랙홀처럼 통해버린 몸과 몸 그 터널 너머

지평선으로

붉은 사과가 툭 떨어졌다

회오리

장미와 목화에서 휘돌기 시작한 회오리가
커피 여과지 한 장에서 순해진다

수피댄스, 문양 없는 하얀 치마의 회전력

회오리의 사용법을 모르지만
압축된 달빛, 달빛의 뭉게구름, 사막 모래바람의 말갈
기, 희미한 꿈의 몽타주
여긴 회오리의 바깥

바람의 씨눈 벌어지고, 먼지가 태동하고, 한 물방울이
한 물방울의 어깨를 깨뜨리는
여기
회오리의 한가운데서

피 한 톨
침묵의 첫 숨
있음의 직전과

없음의 직후를 만나는 것인데

스티븐 호킹이 제시하는 두 장의 검은 하늘
과거와 현재의 천체 비교 사진
점으로 박힌 수천억 개의 별들이 팽창한 흔적
두 사진을 아무 별이든 어느 하나에 맞추면 일정한 움
직임이 나타나는

"지금 이곳이 중심"인 꽃봉오리

나라는 회오리는
당신이 발견해주는 법칙

이것이 오늘 아침 마신 검은 회오리의 질서

한 그루 나무에서 만 그루의 어둠이

몸속에 영혼이 꼭 하나일 필요는 없지

나무 한 그루에 어둠은 만 그루
벌레와 새 들에 어둠을 나눠주려면 나무는 영혼이 여럿
필요하다
그중 나약한 영혼의 가지가 무심한 사내의 목을 매달아
보지만

비가시적인 것에 매료된 역사였다면 나무는 거꾸로 설
것이다
땅속 반대편 나무를 향해 가는 뿌리 끝 영혼을 보여주며

지구의 정수리를 움켜쥔 나무들의 춤 그건 태양의 모습
어둠은 태양에서 떨어져 나온 파란 불꽃들의 집합체
번개는 밤하늘을 벌릴 때 불꽃을 빌린다

방문 앞에 엎드려 아침을 기다리고 있는 어둠은 가장
최신의 것

태생의 내력을 아직 몰라 검은 옷만 걸친다

새벽은 나무와 어둠이 분리되는 틈으로 온다
그 틈에 게으른 유령의 옷자락이 끼어 있다
찢긴 옷자락을 문 새가 그날 최초의 새

나무는 어둠에 1초 앞서고
어둠은 빛에 1초 앞선다

나무뿌리 곁에 누울 때 어둠은 완성된다
자궁 속 어둠으로 다시 돌아가는 고밀도의 순간
죽음이 할 수 있는 한마디는 어둠 속에서 풀리는 시간
에 관한 것

땅에 떨어진 순간이 꽃의 절색이고
나무는 잘린 후의 절정을 기다린다

이를테면 빗방울

누구는 과육을 먹고 누구는 향기를 마시고

삼키는 열매도 있고 터뜨려 먹는 열매도 있다

바다 단전에 찰싹 붙어 어둠을 빨아먹는 밤배는 물의
열매
보름달로 익어 심해를 밝힌다

달에서 빼낸 씨를 가루 내
처음 우린 물에선 유황 내가 나고
그다음 우려낸 물에서는 갯내가 난다

향은 열매를 통과해 영근 물의 리본

지층의 광맥을 지나 대지의 심장에 가는 촉수를 대고
몸을 떨었던

공기의 낱장을 너무 빨리 넘기지 마라

〉

장미는 향을 얻기 위해 거듭 깨어나

수십 장의 살을 바르고 코끝에 가시를 세운다

발밑에 버린 새빨간 면도날에서 그 향을 맡는 자

이를테면 빗방울

꽃의 눈물

꽃은 괴롭다

이슬을 터트리고

등 뒤로 어둠을 던져버리는 것이

꽃잎이 고통으로 머리를 털 때

향기는 두렵다

흐르는 물을 따라 멀어지는 어둠의 냄새

수많은 입맞춤으로도 물의 마음을 얻지 못해

뿌리는 떤다

꽃으로 꽃을 감추어 핀다

향기로 위장한 향기를 흩는다

천 가지 빛을 잃고 남은 한 가지 색 위에

눈물이 떨어질 때

벌레가 지나간 구멍으로 들이친 벼락에

꽃의 이전과 이후

뿌리의 이전과 이후가 나타날 때

씨앗에 새겨져 있던 죽은 꽃이

언뜻

피어날 때

향기는 환각이다

뿌리는 땅을 등진다

꽃잎은 빛의 수염이다

씨는 지금의 꽃을 감춘다

하늘은 눈을 감는다

바람은 지나친다

물이 돌아온다

어둠이 풍성해진다

어둠의 핵심에 가시가 돋친다

꽃이 파괴된다

노래하는 블루

태생부터 불안과 공포를 찢고 나오는 것이 노래

오랜 시간도 벗겨내지 못하는 붉은 물감으로
동굴도 아니고 울음도 아닌 꿈의 음계를 채색한다

허위로 덧칠된 노래를 내버린 가수는
목젖을 잘라 심장에 던져놓고 멎지 않는 출혈을 읊조
린다

입술을 대보는 담 너머에서 둔탁한 발자국 소리

한밤은
절룩거리는 어둠에 한 발 앞서
거세되지 않은 새벽의 종을 울렸다

그곳은 너무 뜨거워
쇳덩이가 튀어나오고 물이 솟구치는 곳
노래만이 살아남아 심장의 불꽃을 피워 올리는 긴 홰

》

몸 깊은 곳에선 해초처럼 혀가 자란다

금지된 음악들이 혀를 휘감으며 앙상한 물고기들을 풀
어놓는다

물고기들은 침과 뒤섞은 물방울을 튀겨 나비의 날갯짓
을 치켜세운다

나비들이 산란한 노래가 방치된 숲에선 검은 눈동자들
이 반짝거린다

불안으로 기운 공포가 뜯어지며 송 송 블루

블루는 노래를 망각할 때까지 입을 닫지 않을 것이다

처음에는 실수로

그다음엔 피를 부르기 위해 입안의 군살을 깨물었다

모과와 새

대홍수다 노랑의

향기로 건조한 배를 띄운다
배가 배에 취해 표류하다 침몰, 침몰 뒤

부상, 부상이다

모과는 우주의 모양을 몸으로 재현해
하늘의 새로운 운행에 몸을 맡겼다

새들은 이곳을 떠나기 전에 이미 바깥 하늘을 엿보았다
부러진 부리는 내버리고

모과에 새겨진 움푹한 흔적은
태고를 두드린 부리 자국

태고는 깊고 넓은 늪이었지
누구와도 공유할 수 없는 비밀의 수액 두 주먹을 훔쳐

왔지

기억의 빙하기를 지나

하지의 그림자가 가장 길게 스쳐 갈 때
기억은 조금씩 녹아내려

모과의 공자전이 멈춘 어느 날
하늘에는 아득한 구멍이 생겼다
노란 먼지로 꽉 차 구멍이라 말하기 어려운

길고 긴 낙하였다
엄마 몸을 통과한 아기의 혼몽한 첫 기억이 혼합된

산수유

붉은색만 빼고

햇볕에 바짝 말라 죽읍시다

되도록 나에게서 멀리 떠납시다

나를 안다고 하지 맙시다

달리고 달려

돌도끼로 뒤통수 때려 죽이기 딱 좋은 곳

울음소리로만 소통하는 곳에서

눈을 감고 거리는 직감으로

내려칩니다!

우리는 죽었습니다

죽은 후에 다시 만나는 겁니다

함몰된 뒤통수

피의 기억을 다닥다닥 원수 갚는 겁니다

노란 꽃이 간지럽다고 할퀴는 바람

사냥감 놓친 것도 모자라 부러진 화살입니다

패배의 원인을 화살에게 돌리고 내빼기 잘하는

컹 짖으며

뿌리를 뽑겠다고 아우성치는 돌풍

부러진 화살을 등에 꽂은 채 돌격해오는 멧돼지

올무에 발목 내준 노루와 함께

우리 다시 바짝 말라 죽을 겁니다

알아보지 말자니까

눈을 찔러버린다

모든 걸 아가리에 욱여넣고 고요히 사라지는 겁니다

첫눈 내리는 산중에서

붉은색만 빼고

포괄

오토바이맨이 날리는 작은 새가 주머니로 들어왔다
그의 가방에서 끝도 없이 나오는

새는 상승 기류를 타지 못하는 새
공기주머니를 제거하고 바람 바깥에서 불어올 바람을
듣는 새
바람은 신념처럼 퍼지거나 기다림처럼 접히는 바람

나는 날아가지 않거나 날지 못하는 것에 새라는 이름을
붙이기 시작한다
옳고 그름을 판단하는 건 새의 문제였으나
새는 생각과 멀리 떨어져 있다

새라는 이름이 포괄하는 대지와 천궁과 바람의 방향
그것들을 지킬 수 있는 날개의 구조와 크기
무엇보다 자기가 새인 줄 모르는 인식이 필요하다

이마의 땀을 닦다 손등을 놓칠 때

아, 내가 새였구나

뒤늦은 깨달음, 추락, 추락이 지지하는 높이
높이에 부딪쳐 얻는 시간의 날개
날개는 시간 속에 녹아 없어지고
새라고 부르지 못하는 나만 살아남는다

오토바이맨이 내일부터 나를 뿌리고 다닌다
받자마자 멀리 던지는 남자 1
잠깐 읽고 주머니에 넣는 여자 2
바로 구겨 손바닥으로 눌러 죽이는 남자 3

최대한 작게 몸을 뭉쳐 따뜻하게 품고
나는 차츰 새를 잊어간다

새에 대한 어둠의 견해

잠든

사이

나비와 인간의 혼선에서

늦게 날아오르는 나비에 눈이 머는 걸 보면

꿈이라고 감쪽같진 않고

꿈을 어떤, 꾸셨습니까?

아니, 아니 생각이 안 나는데요

꿈속에서 당신이 내 손바닥을 쪼아 먹었다고 말하면

새장과 작은 새의 관계를 떠올리는 상상의 한계

나는 당신 꿈의 분실물

당신을 잘 보관해둘 테니

유효 기간을 넘기지 말고 찾아가시오

말이 뒤바뀌었네, 나를 잘 보관한다고 해야지

매듭이 꿈을 방해한다는 말은 빗나갔다

매듭 사이를 가까스로 통과하는 게 정설

자정의 거울 한 번 보는 사이

느슨하게 풀리면 증발해버리는 잠과 꿈

아무도 나를 따르지 않는 모험 소설에서

창문과 항문은 오자가 아니어서

항문을 통해 하늘을 들이는 경우가 많다

잠든 사이 새처럼 날아간 감쪽을 잡으러

잠을 꾸다 꿈을 자다 하지만

잠과 꿈을 맞바꿀 수 있는 권리는 누구라도 가질 수 있

다는 어둠의 견해

어떤 일부분

찍어 바르던 화장품 용기에서 댈 쫘 쭙 괢 꼠 이상한 기
호들이 나오는 걸 보고 얼굴을 쓸어본다 묻어 나오는 건
없으나 지금 없다고 과거에도 없었다고 단정 못 하는 일

그동안 댈 쫘 쭙을 얼굴 여기저기 피어싱으로 달고 다
녔거나
갑자기 발생한 일이거나
어느 경우든 무지몽매한 일

초저녁잠에 들었다가
이상한 울음소리에 깨어나
수십 마리 뱀을 비바람 결에 밀어 넣는 소나무를 보는
순간
세상에 던져진 괢이라는 기호와 내가 같은 존재라는 걸
깨닫는다
댈 쫘 쭙과 같은 장르라는 사실

자신을 발음하지 못하는 그것들처럼

나를 제대로 발성하지 못하는 나는
바람에는 물뱀 그림자 같은 것으로 스치고
달밤에는 잿빛 새 한 마리를 흉내 내며
거리에선 투명한 외투로 펄럭거린다

이조차 가장 부적절한 용어 해석

'나'라는 단일한 기호는 '너'에 충돌하는 순간 파괴되
므로

마주친

새와 나뭇잎의 처지는 이미 바뀌어 있었다
내 몸은 투명이 돼가는 도중의 트레이싱 페이퍼
바람이 기대어 자기 뼈대를 더듬어 그렸다

사라지는 동시에 나타나고
나타나는 동시에 사라지는
방향 없는 별 모양

날개도 없는 새가 날아오는 곳에서
바람은 온 듯하다
나를 소리쳐 부르는 여러 명의 어미
나는 거기서 왔다

얼굴 없는 어미를 내가 알아보고
얼굴 없는 나를 어미들이 쓰다듬는다

나목의 숲을 감싼 양수막 안에 내가 서 있다 투명하게

〉

벌거벗었다
옷의 대립이 아닌 그렇게 있음 자체
허(虛)다 맑다

응시하는 누군가를 느낀다
나인 듯도 하고 나를 바라보는 누군가인 듯도 하다

나뭇잎의 크기와 나무의 크기가 비교되지 않는다
돌덩이와 바람의 무게가 똑같구나 중얼거린다
모든 것이 느리게 너울거렸고 연기처럼 서로 드나들었다
내 속에는 많은 사람들이 우글거리는 것 같았다

모두 맑고
아무도 얼굴을 가지고 있지 않았지만 보였다
들리지 않는 모든 말들이 이해되었다

꽃의 시간보다 더 짧은 순간
홀로 여럿이 되는 지점에서 나는 희미해져가고

〉

천지간

발자국 한 우물 한 우물에 달이 고인다

2부

유리에 비친

책상 유리에 비친 나무들을 새들이 들락날락, 물 한 방울
에 바다가 흔들, 천장에 붙은 전등이 태양으로 환히 뜨는

새로운 이 태양계를 헛것이라 부르지 않겠다

바람과 바람 사이가 굳지 않는
하늘이 물을 낳고 땅이 불을 낳는

비친 세계가 또 다른 유리에 비쳐 맞잡은 손바닥의 고
요와 적막이 샴 일가를 이루는 이 순식간을

그니가 하늘을 밟고 나타나 발바닥으로 웃어 보여도 치
마 속이 보이지 않고
숨어 있던 나비가 잠수정으로 깊이 내려갈 때

해일 같은 힘이 유리를 내리칠 때
깜짝 사라지는가

〉

어디로

깨진다면 유리알에 입력되어 빛으로 확산되는 이 세계
가 이 사건이

되비치어 더욱 또렷하고
선명해지는 투명의 세계가

공기로 꽉 찬 바다에서 드디어
태양이 알을 낳는 뜨거움이

수심을 고루 나누는 이 세계를
태양의 새끼에게 나눠줄 것이다

서쪽도 새로 만들어야 하리
낡은 해의 길고 긴 기억이 일몰되려면

깃털

바닥에 떨어진 깃털 하나 주워보니 빛 한 가닥
주워서 날리고 주워서 또 날리고

기억하고 싶지 않은 기억을 접어 만든 새처럼
돌아와
그 자리에 자기를 새긴다

빛을 촘촘히 당겨봐도 사라지지 않는다
사라진들 빛이 오랜 노역을 포기하겠는가

가벼워지고 싶다면 깃털을 날려버리고
사고 현장처럼 그때 그 모양을 하얗게 비워둬야지

바다를 드나드는 파도가 다 같은 종류가 아니어도
모래는 파도의 흔적을 그려두지 않지

깃털은
뛰는 심장만이 이해하는

빛의 미늘

내 손은 만진다
깃털을 다스리는 깃털부터
피부에 닿지 않은 깃털까지

부류

바람의 소리를 듣느라 부질없이 떨리는 나무가 있고
바람의 모양을 전하느라 하염없이 떠는 나무가 있다
추이를 살펴 제 뿌리를 가만히 흔들어보는 나무도 있다

굽은 길에 멈춰 서서 지켜보는 초끈의 한 입자

모두 한데 업고서라야 지구는 자기 궤도를 지킬 수 있다

궤도 바깥의 한 행성이 지구의 현재를 더 바깥에 전하고

이를 지켜보는 어느 초인이 서 있는 자리

아무도 모르는 고요 속에서 막 태어나는
작은 벌레의 첫 하품을 적고 있는 시간을 누군가는 목
격하고 누군가는 직관하리라

바람의 소리는
어딘가에서 일어난 작은 소요가 다른 어딘가로 가고 있

고 가야 한다는 신호

감각의 보라라 하면 어울릴 향연에
먼지라는 잘못된 부류가 섞이면
눈알이 화끈거리고 피가 소란스럽고 속이 미식거린다

한순간 뒤엉킨 걸음에 말려들어
바싹 마른 사나운 바람에 맞아 오줌을 지린 적 있다

가까스로 빠져나와 옷장에 걸어놓은 옷에선
지린내보다 먼지 냄새가 더 강하게 풍겼다
지린내는 늦된 알 수 없는 갈색 물질을 남겼다

격자문

첫눈으로 흰 까마귀가 마구 쏟아지는 가을입니다
아침이 빠져버린 계절이 세상을 흔드는군요

세상을 말하는 데 은유는 적합하지 않지만
세상에 절대 필요한 검은 물질이 은유에 기대 살아요

두더지 밀듯 내 속의 물질을 밀어 넣진 않았고요
오래된 창호지를 벗기듯 격자문을 내걸었어요

마찬가지라는 글자를 가득 품고 있는 격자무늬 창살
둥근 구석 하나 없어도 완벽하게 부드러운 네모 우주

마찬가지라는 세모시 저고리에 달빛 스며들면
하늘이나 땅이나 빛이나 어둠이나 티끌이나 바람이나

검은 복면의 자객은 저고리에 스민 달빛을 베어낼 때
가장 가늘고 긴 칼을 썼다는 문장이 꿈에 스쳤던가

〉

창의 마음이 환해지는 건 바로 그러한 때가 아니겠어요?

해골을 지나온 햇살의 뼈마디에서
백 년 후 얼굴들이 우수수, 저걸 어쩌나

어느 결곡한 수레에서 바퀴를 떼어 무릎에 대고
어디로 굴러갈까요

비행기도 있고 로켓도 있지만 그 앞선 것들이
수레바퀴보다 못한 구석이 꼭 있단 말이에요

워킹

부고란에 벗어던진 덧버선의 이름이 올라와 있다
상주는 한 개의 발바닥뿐

나머지 한 개의 발바닥을 찾으러 간다

생사 사이를 떠도는, 죽음과 삶의 호흡을 녹음하는 귀
몇 분 단위로 리셋
대부분의 증언 요소는 그때 소거된다

의지를 접어 만든 의자에 앉아
삶의 소음 쪽으로 머리를 둔다

소음 속에서 노래를 찾아 부르는 사람은 반듯한 이목구
비를 필경사로 둔 것

거듭되는 길의 난산은 어떤 표지로도 불충분하다
발자국은 가장 나중 찍히는 발자국이 첫 발자국이다

〉

까마득한 반대편이 내가 되는 지점에서 툭 튀어나온 한
사람
소리로만 짐작하는 솔개의 난감함에 대해 할 말이 있어
야겠다

발바닥의 생존은 기대하지 않으며
매일 걷는 숲길의 풍경이 되어 있어도 놀라지 않을 것
이다

태양의 위치 따위를 가늠하지 않는 다리의 본성을 따라
언제까지나 발소리는 죽이지 않을 작정이다

그 남자와 蘭

어둑해지자
그 남자와 蘭이 더욱 분명해진다

란은 5럭스 정도의 밝기
남자는 텅 빈 공간

란은 어둠에 입을 대고
꽃 숨을 쉬며 빛을 분사한다

깜빡 깜빡 어둠이 등댓불처럼 신호를 보내고
란은 천천히 겨드랑이에서 창을 꺼내 닦는다

빛을 낭비하던 것들은 조용히 눈동자를 빼
주머니에 넣고 눈꺼풀을 내린다

반짝거리는 란의 창
눈동자는 어둠 속에서 혼자 눈물을 닦는다

〉

눈은 눈물과 떨어져 있고
란의 창은 희미한 무언가에 가까워진다

남자가 갖고 있는 가능성에 대해 란은 알지 못한다
의지는 있다, 창을 넣었다 다시 꺼내 닦는다

둘은 주고받던 그림자를 돌려 각자의 중앙을 조인다
복숭아 무른 계절의 보름달 냄새,라고 속삭이자
란의 창이 보름달을 찔렀다

작은 일부분이 모든 것을 미는 경우
蘭과 남자는 서로의 일부분만 내주고 있으나

살

    살이 살이 되기 이전 갑자기 쏟아지는 빗방울이었던 때
를 안다고 말하면 물방울 한 입자에 깕힌 공중의 살결을
기억해내야겠지

    우연히 스친 새가 심장으로 들어와 피에 섞인 하늘빛을
쪼아 먹으면 혈관이 삭아 내리고 살은 다시 빗방울을 꿈꾸
겠지

    죽은 내가 되돌아와 살 속에 스민 걸 안다고 쓰고
    가슴을 꾹 누르면 만져지는 폐허의 침묵
    보려 하면 보이지 않는

    어둠 속 깊이에 있는
    그 많은 빛깔들을 찾아내
    살을 살이라고 정확히 발음하기에 이른다

    살!

〉

　발음하는 순간부터 살에 녹이 슬어 기차가 멈추는 곳,
발가락 끝, 머리카락 끝, 우주 바깥, 잠깐

　우주의 4초 살의 역사서는 아직 흑백

　의식은 푸르고

　구름은 비어 있다

소나무와 폭설

창밖 소나무 숲에 황토색 구렁이 수십 마리

떠나기 전에 고맙게도 눈이 내린다

은행잎을 안고 눈이 떨어진다

소나무는 큰언니처럼 가을바람에 떨어지는 은행잎을
업은 채 십이월을 맞았다

구렁이는 어둠의 힘으로 꿈틀거리는 것 같았다

낮에는 꿈적도 안 했다 만져보면 딱딱하고 거칠었다 완
벽한 의태

초순이나 그믐께 바람이 손톱을 깎거나 구름이 눈썹을
손질할 때 소나무 밭에선 비린내가 풍겼다

쥐의 눈을 의식하는 거 같진 않다

달이 환한 날 구렁이 목덜미를 솔가지가 마구 쳐댔다
솟구치려는 구렁이는 매혹이었다

나는 몰래 숨어서 본다

관찰자의 시선이 노출되면 안 된다는 속삭임을 들었다

소나무 가지에 집 짓지 않는 새들은 무언가를 알고 있
으리라

그날 밤

혼융이란 이런 건가

창으로 스며들어온 구렁이에 몸을 비비며 나는 차가워졌다

눈이 하얀 구름을 만들어 현장을 감쌌다

솔가지는 부드러운 보료가 되어 있었다

용암 속에 있는 듯 뜨거운 눈에 보이지 않는 그 무엇

금기를 하나 품게 되면서

소나무는 소나무

구렁이는 보이지 않았다

손바닥이 전과 달리 뜨겁고 붉어

누구의 손을 잡는 게 겁났다

폭설이 다 녹기 전에 나는 그 방을 나왔다 옷깃에서 은행잎에 업힌 붉은 비늘 조각이 떨어진다

먼지

먼지가 나를 초래했다
비약이 심한 이 문장에서
먼지는 나를 쓰러뜨렸다
먼지가 아니라는 자백을 강요하고 있지만(캑캑, 목구멍
에서 얼른 나와줘)
난 먼지 그 자체인걸

발 디딘 땅이 미친 속도로 태양 주위를 도는 행성이라는
갑작스러운 자각에 돌멩이 밑을 파고들었다
자전거 타고 달려도 머리칼이 눈을 찌르는데 미친 공전
은 바람을 다 어디로 보낸 거야
이런, 지구의 창문을 잠시 잊었군
지구가 창문을 꼭 닫아두고 있지
로켓들이 무책임하게 구멍 내고 가버리면
공기에 침 발라 얼른 땜질하지

내 반대편이 정면이라는 느닷없는 한 줄에 목이 감겨
정신이 몽롱한 지금 누군가

지구의 유리창을 두드리는 소리
까마귀와 독수리가 잽싸게 받아 노래하는 소리
인도기러기가 편곡해 히말라야 상공에 흩뿌리면 알피
니스트들이 목숨 내놓고 맛보곤 하는

깨지지 않는 유리창
태양비를 오로라로 춤추게 하는 유리창
언제든 무사통과하는 달무리는
몸속에 숨어들어 몰래 달 남매를 낳아 키우지

먼지가 달려온 거리와 가슴의 깊이와 마음속 풍부한 모
험의 스펙트럼에 지구는 파랗게 발광하지

팽창하는 우주 공간의 시작점이자
먼지의 중심인 먼지

어둠으로 빛을 켜
우주 스크린을 밝히는

무대 예감

무방비 상태로 비 맞는 무대 저편

비는 야외무대의 예감에 맞아떨어지고
지붕은 천장에 맞아떨어진다

돌확이 마주하는 건 구름 공사 중인 하늘과
물속 하늘을 들여다보는 눈 코 입이 희박한 얼굴들

신축되는 구름의 빛깔과 새로운 구조 방식에 대해선 함
구하기로 한다

예감을 불신하며 빗줄기를 모으다
당근 뽑을 때처럼 깜짝 놀란다

빗소리와 지붕은 서로 다른 두 개의 근친, 주홍

빗소리의 의지는 늘 빗소리 뒤에 나타난다
소리를 빌려 이 세상을 밟는다

빗소리 듣고 몰려드는 발자국에 향기가 있다면

그 향기가 지붕의 관(冠)을 이룰 것이다

지붕을 깨우는 빗줄기는

지붕이 쓰고 싶은 관의 향기보다 더 크게 부풀지 않는다

귀를 다루는 자화상

다가오던 밤이 다시 밤으로 건너가다
어둠에 잡혀 절룩거리며 끌려온다
밤은 귀를 다룬다
귀는 뇌를 밤의 크기로 확장시켜 터트린다

멀리 시선을 줄 때 눈앞의 사물을 단번에 옮겨놓는
응시
그 안의 어둠 어둠 안의 들판 들판의 늑대 늑대 안의 별
별 안의 죽음 죽음 안의 성교 성교 밖의 시간 시간 안의 정
액 정액 안의 먼지 먼지 안의 하늘

하늘에서 건너오는 눈앞의 사물이 젖어 있다
어둠이 그새 물을 엎질렀다
유리컵이 흔드는 건 투명한 밤

꿈은 증발하고
쓰고 싶은 밤은 아직 오지 않았다
저술에 실패한 까마귀는 깃털을 다 뽑고 솔밭에 누웠다

피도 검다

검음은 실패의 어머니
어머니 품에 얼굴을 파묻는다
흐느낌이 메말라 있다
머리칼이 봇물을 퍼붓는다

하류는 건너뛸 만한 곳이 아니다
곳곳에서 발이 빠진다 질퍽거린다
깊이의 질감을 실감하다

잠깐 외면할 때 빠져나가는 밤
귀를 잘라버린다 쪼그라든 뇌를 어머니가 거둬 간다

햇빛에 녹는 고양이

고양이 얼굴이 녹기 시작한다

스르륵 감기는 눈이 맨 먼저 녹아 깜깜한 구멍이 된다

귀가 눈덩이처럼 떨어져 내린다

코와 입이 녹아 구멍 두 개가 더 생긴다

망각을 경험해보지 못한 기억이 발갛게 폭발한다

다 녹아내린 머리를 차지하는 한 덩이 어둠

머리에서 자유로워진 몸이 제자리를 돈다

함께 놀던 그림자와 쥐

고양이 옆에서 담배 피우던 열세 살 소년조차

한 덩이 어둠을 새겨보지 않는다

어둠을 머리로 둔 고양이는 고양이인가 아닌가

어디로 가야 하는데 무언가를 해야 하는데

몸통이 녹아내리자

창자가 물을 뿜는다

등과 배와 허리가 한 직선을 뚝 부러뜨린다

꼬리는 공중을 붙들고 있다

한 주먹 핏덩이에서 아듀가 들려오자

꼬리가 사뿐 장미 줄기를 감는다

주저앉아 있던 네 다리가 사방을 뒤섞는다

마저 다 사라져야 할 텐데

사라져야 한다

고양이의 빈칸

아른대는 아지랑이를 뒤편에서 지켜보는 꼬리는

고양이의 것인가 아지랑이의 것인가

아지랑이는 의지인가 현상인가

제19장 흐린 날

태양 주변 하얀 빛 무리에

다가오는 어둠 한 발 앞에

사라지는 어둠 한 발 뒤에

어떤 새도 흔들지 않는 바람의 날개

첫눈이 숨긴 발꿈치에

아무런 자취 없다

형태를 가질 수 없게 된 유령의 냄새로

거기 있고 싶다

* 제20장

잘려 나간 손톱

느린 속도로 유영해 침묵을 가른다

연못에서 본 잉어의 지느러미를 닮았다

손끝 불안은 손톱에 덮이고 눌려 불안의 상류로 거슬러
올라가지 못한다

손톱을 모아 연못에 뿌렸다

몇 군데 비늘이 떨어져 나간 잉어 몸에 가 붙었다

상류가 불안해진다

* 제21장
귀에서 자라나는 덩굴 식물의 열매를 따 먹는다
붉은 색의
떫고 신맛

고막 앞에서 뜨거워지는 혀의 맛

달과 시간

달팽이는 달의 팽이
달을 따라 지구를 돈다
오래전 달밤 더듬이를 스친
빛의 감촉을 찾아 돈다

빛의 위로는 더듬이의 착각
달팽이집은 달의 착시
나선에 빠진 달빛의 on-off
위아래가 무너지고 앞뒤가 녹는다

1과 1 사이 달과 팽이 사이
달팽이와 침 자국 사이 부서진 달빛
11월의 처마에 매달려 흔들린다

아직 당도하지 않은 시간은 눈부시다
시간이 지나가 이미 어두운 길 위의 달빛
제 몸에 반사되고 분산되고 굴절한다

〉

달과 팽이는 시간 이전으로 돌아가고
아침은 태양 너머로 느릿느릿 나아간다

물을 투영하고 어둠을 응시하는 달과
호수의 성희 가장 맑아진 순간이 잠시
출렁이다 순간조차 사라지는 그때

이동하던 철새와 공중이 회전한다
철새가 달에 몸을 던지고
느린 시간을 먼저 빠져나간다

영원은 태초이며 바람의 흩어짐
숨은 이름이다 혈관을 벗어난 피다
넘치지도 멈추지도 않는 자전이다

달팽이는 달의 팽이
지구를 따라 돌다 휘어지는 거기서 나는
튀어나와 돈다 파생된다 무수한 당신

듯이

빈 의자에 앉으려다

바닥에 미끄러져 빈자리를 올려다본다

아무도 없는이 웃고 있다

아무도 없는 옆에 앉으려다 다시 무언가에 밀쳐

나동그라져

아무도 없는 무릎 위에 포개 앉은 나를 깨닫는다

어제의 나 어제의 어제의 나

아무도 없는을 무시하고 함부로 대했던 꺼풀들

등 뒤에 아무도 없는을 업은 줄도 모르고, 마치

그 입속에 혀를 넣어 그의 내장을 빼먹은 적 없는 것처럼

아무도 없다

아무것도 없다

누구에게도 신세 진 일 한번 없는 것처럼

〉

나는 (오직) 나다
주장할수록

아무도 없는에게 진 부채가 가벼워나 지는 듯이

없는에서 비롯된 바람과 들판과 바다의 생사와
내가
연결되어 있지 않다는 듯이

의자가 나에 주저앉을 빌미를 아주 없애려는 듯이

주인공-변주

그는 내 단막 희곡 '피아노'의 주인공
나는 작가이자 피아노 조율사

피아노 수리할 망치 좀 빌려줘

꿈결에 누군가 관통하듯 나를 지나간 다음 날 아침
아버지에게 물려받은 공구 몇 개가 없어졌다

나는 그녀의 단막 희곡의 주인공
아무도 듣지 못한 음을 찾기 위해
피아노 연습보다 건반으로 쓸 목재에 몰두해 있다

그녀의 공구는 날렵하고 무게가 적당해 손목의 각도만
잘 조절하면 나무 다듬는 데 쓰임새가 좋다

나는 골드베르크 변주 콘서트로 스타 피아니스트가 되
어 희곡을 빛내야 한다. 하지만 나는 피아노가 경험하지
못한 음을 연주할 생각이다. 그러자면 새로 만든 건반을

조율해야 하고, 그녀의 픽션이 필요하다

　# 연습을 게을리하는 그에게서 공구 빼앗을 생각에 빠져 있다 강한 달빛을 연 순간 몸이 사라졌다. 그리고 얼마 후 오래된 성당에서 250년 된 가구를 자르는 그를 발견했다. 가구의 침묵은 부조리한 인식을 일깨우기에 충분한 연륜이지만 의미 있는 입술이 되지는 못했다

　몰래 그의 작업실까지 뒤쫓아 가보니 아, 신월 모양으로 휜 아름다운 피아노…… 그는 옷을 훨훨 벗어젖히더니 잘라 온 가구 조각으로 건반을 만들어 피아노에 끼워 맞췄다. 나도 모르게 피아노로 다가가 건반을 눌렀다. 그런데 소리가 나지 않았다. 마치 나를 유인한 듯 놀라지도 않는

　# 그가 아무도 없는 바닷가를 걷다 크고 작은 구멍이 무수히 뚫린 거친 암석 앞에 멈춰 선다. 석양에서 떨어지는 붉은 비늘 조각과 한데 어울리는

〉

멜로디를 갖고 있지 않은 소음

같은 음을 반복하고 있는 조율

끊임없이 방언을 지껄이는 반미치광이

가짜 음을 파는 거간꾼

전염병에 걸린 신성과 위악

그들이 일제히 입을 맞추었다. 귀에 들어오는 건 오직
하나의 음, 하나의 멜로디를 이루는 음의 아원자들을 그
의 몸을 빌려 체험한 순간, 그를 내 작품 안에 가둬둘 명문
이 사라졌다. 주인공을 잃어버리고

갈 곳은 단 한 곳

나는 내 작품 속으로 깊이 몸을 던졌다

세계 바깥의 내 배역은 여기까지

버려진 희곡 속으로 뛰어든 그녀를 느낀다. 그녀는 아직
무음이다. 까만 투명이다. 건반들이 조금씩 삐걱이더니 저절
로 조율이 되었다. 난 그녀 속으로 빨려 들어가 피아노 앞에 앉
았다. 그녀 없는 콘서트도 옳다

3부

함부로 사랑의 손수건

마주 낀 손가락으로 절정에 올랐다에서 손가락 다음에
만을 넣었다가 지운다

은밀한 생의 기쁨에 대해서라면 내게도 수놓을 손수건
이 있지

발밑에 떨어진 굵은 액체 덩어리를 싼 손수건에 분홍
실로 V자를 수놓고 안주머니에 고이 넣은 후 베르지 부인
은 죽었다[*]

뻣뻣해진 손수건의 주인은 묘한 냄새이고
절정의 주인은 손가락인데

죽음에게 손수건을 넘기고
그녀는 죽음에 말라붙었다

치명은 죽음을 탐해도
죽음은 치명을 탐하지 않는다

〉

눈앞에 매일 다르게 놓이는 커다란 돌덩이
있지만 만져지지 않고 보이지만 냄새 맡을 수 없는
발로 차기도 하고 건너뛰려고 하다가

내 몸을 던졌다
내가 사라졌다

당신이 던져졌다
우리가 없어졌다

손수건을 던졌다
돌덩이가 덮였다

갓 태어난 손가락이
분홍 실을 찾아 두리번거린다

은밀한 생의 기쁨에 대해서라면 눈앞에 매일 새로운 돌
덩이가 놓인다

* 파스칼 키냐르, 『심연들』에서.

크리스 보티의 트럼펫

저 사람의 체*는 왜 입에 붙어 있을까

미끈한 체를 참 잘도 내밀어 분다
체에 손을 넣어 막힌 울음을 꺼내 던진다
눈을 지그시 감고
왜라고 물을 수 없는 질문과
그렇다고 답할 수 없는 답을 교대로 뱉는다

그의 체에선 한 방울 액체보다 멀건

사람으로 태어난 태양빛
이끼 모양으로 빚어진 시간
어떤 새의 몸을 통해서도 실현되지 않은 태고의 음이
분사된다

　내 수치와 부끄러움의 처녀 대부분은 첫 아기의 머리털
에 묻어 나갔다
　수치와 부끄러움이 젖살처럼 다시 통통해지고

새로운 몸에 몽글몽글 아지랑이 피어날 때 햇살이 유리
창을 뚫고 들어와 불어주던
　　트럼펫
　　나는 녹아 멀리로 퍼져나갔다 오후 세 시 새털 바람

　　그의 진짜 체
　　트럼펫과 멀리 떨어진 후배지에

　　무엇에라도 솔깃한 귀

　　태아 닮은, 태를 그리워하는

　　태아를 몸에 품는다 나는 검고 깊은 모체이므로

　　자궁에 맞춤인
　　구강 트럼펫

　✦　체(che) : 남성 성기(북아메리카 원주민 언어).

아프로디테

물거품에서 태어나

발자국 없는 육체의 언저리입니다

비누칠할 살을 주세요

모래를 뿌려주세요

바람과 운무에 뒤섞여

보이지 않는 나를 견디기 힘들어요

색을 주세요, 핑크나 퍼플

정신 빠진, 빠지고 싶어도 빠져나갈 몸이 없어요

유방도 없고 입술도 없이

베누스라니

물거품을 헤집어

아버지를 찾아요

아버지의 근육을 만지며

느끼고 싶어요 살을

새하얀 시트 위의 그림자는

얼마나 부드럽고 따뜻할까

그림자에 감싸인 손과 발

웃음과 눈물

심장과 피

당신 체온 지문

오늘도 차가운 물거품을 뒤져요

잘못된 초상화에 물을 끼얹었어요

모천을 파도에 넘기고

뱃사람을 유인해보지만

물거품만 철썩이다 가버리네요

물거품이 많아도 나는 다시 태어나지 않아요

유일한 존재로 숨은 쉬어요 영원히 그러나

아직 단 하루도 살지 않았어요

문지 시집 닮은

아몬드를 펼치자 책이 열린다
와인 옆에 있다 불현듯 읽던 책으로 뛰어든 아몬드, 음핵

팽팽히 부풀었다 바들바들 떤다 양장본 아니다 막 펼친 문지 시집이다 이런, 어젯밤의 자위본이다 건드릴 수가 없, 터질 거 같, 에이 모르겟, 눈 감고 꾹 누른다, 뽀득, 뽀득, 꽉 찬다 두말할 나위 없다 글자들이 밖으로 튀어나가 책이 백지다 눈동자가 노랗게 젖어 찢어진다 또 누구 없소 올 사람 다 와 북아메리카 원주민 트릭스터 코요테 아저씨 나무 줄기나 물고기로 변신하지 말고 얼른 달려오셔 詩의 원본 노래의 시초 어떻게 읽을 수가 없네 노래할 수가 없네 아까지 말고 먹어 껍질까지 삼켜 아몬드가 두 알이었어도 이렇게 못 해 딱 한 알 딱 한 사람하고만 할 거야 트릭스터 코요테 할아버지 다시 돌아가고, 이리 와 人 와인, 어딨어 내 사랑 길고 붉은 병 오늘따라 유난히 더, 너 떫니? 코요테 돌려보냈잖아 좀 움직여봐 아몬드를 굴려 6969 둘 네 여서 여덜 흔들어 너처럼 고소한 게 또 어딨니 어서 돌아 뒤로

그 이상은 차마 말할 수 없다네

이듬해 봄 아몬드는 한 방울 눈물보다 더 오묘한 향기를 낳았다네 문지 시집 꼭 닮은

촛불

입안에서 불은 점점 커진다
녹아 미끄러지는 혀
목구멍으로 촛농이 감겨들면
심장에서 태초가 피어난다

새빨갛게 점화된 꽃술
폭발하며 천지를 찢는다

맨드라미 계관을 파르르 떨다
숨겨놓은 어깨에 얼굴을 흘려 넣는다

살구나무, 언덕 아래로 달을 굴리고
복숭아씨가 갈라지고 들판이 부풀고
샘물에 잠긴 과녁, 폭죽으로 터져 날아오른다

비틀거리며 소나기가 말을 몬다
산맥이 무너지며 강물을 뒤집는다
뿌리 뽑힌 수목이 태양을 걷어찬다

〉

울렁거리는 수평선에서

고래를 먹어치우며 우는 거미

길고 흰 침묵으로 스미는 붉은 시간에

숨을 불어 넣는다

15분

당신과 헤어져 돌아와

내 얼굴을 실험한다

눈 코 입이 뚫린 마사지 팩을 덮고

하얀 데스마스크를 실험한다

당신이 나를 알아볼까

본 적 없는 해골이어도 안다고 해 끝까지

창백하다고 말하면 안 돼

얼굴 대신 뒤통수를 들여다보는 게임

눈앞에 당신이 없으니 대신 뭘 세워야 하는데

흙을 주무르던 어젯밤을 세울까

함께했던 십만 시간

그 시간에서 뽀득뽀득 우리 첫 시간을 뽑아내자

광년 졌다 가버리네 일차 패스

오늘 밤 아주 좋았어요

나보다 더?

솔잎들이 오려낸 밤하늘에서 반달이 쫑알쫑알

우리 입술로 달을 만들어 띄우자

반쪽을 마저 지우고 반달 사라지네

Es ist gut 됐어 충분해

15~20분

너를 언제 놓아줄까 16년 18년

하다가 21분 지나

데스마스크를 뜯어낸다

이거 봐 아직 여전히 나야

헤어진 지 한 시간도 안 돼 발그레 나란 말야

변심 아니 변신은 아주 잠깐 15분 내외

삼면이 앵무

정면 거울에 얼굴 비춰보던 여자가
왼쪽 얼굴을 향해 주먹을 날립니다 앵무새입니다
오른쪽 거울이 앵무새 뒤를 따르며 공중을 넓힙니다

복제된 여자 모습이 한없이 긴 터널을 이룹니다
앵무새가 쫑알대며 여자 머리를 쪼아댑니다
두 번째 앵무가 세 번째 여자 머리를 네 번째 여자가 다
섯 번째 앵무를

여자가 고개를 흔들어 흔들어
거울에 핏방울 한가득 한가득

남자가 여자를 뒤에서 뒤에서
슬며시 껴안고 몇 바퀴 돕니다

방향 잃은 앵무 날개를 퍼덕거리며 여자 심장에 부리를
꽂습니다

〉

앵무를 여자에게 집어넣고 거울은 삼면을 다 지웁니다

여자의 미소가 담배 연기처럼 사라지는 걸 지켜보던
방이 뚝 떨어져 밖으로 나갑니다

방 안에는 방이 없습니다

귀퉁이가 낡은 방에서 웃음으로 양치하고 남자 얼굴 헤
집어 가면을 꺼내고

앵무 입에 만월을 욱여넣기도 했지만

방은 사면이 잘려 나간 허공입니다

마리안느에게 :

저녁이라는 잡지 11페이지에 비 내려요
창밖에서 손우산을 쓰고 빈방을 들여다보는 12페이지
당신이 좀 전에 앉아 있던 그 방을 넘깁니다

여러 장의 방을 찢어내는 당신

흑백 페이지를 지나가는 빗소리에 빛줄기 몇 부러지고요
난해한 글은 아무도 안 읽으니 저녁이란 그저 바보 리
어카꾼처럼, 이거 봐 나 상처 있다 팔뚝을 보여주면서 니
상처는 보여줄 수 없는 곳에 있지, 하고 가버리는군요

자기 운명을 목 조르는 책의 단면을 당신은 믿어요
목차는 내면이 없어요 부리를 다듬지 않는 새는 있고
내적 논리를 버린 거죠

비싼 광고 페이지처럼 빈방을 그리 오래 들여다보지 않
는 당신, 정전기에 끼여 잠시 정체, 당신 뒤에서 쫑긋거리
던 다람쥐와 내가 당신을 공모할 수 있다는 사실은 모르는

게 좋지만

해독되지 않는, 도토리를 굴려, 연재 한 호 쉼, 너무 많은
각주, 당선작 없음, 하얀 잡음과 일 센티 거리에 화이트 노
이즈, 오해 풀리지 않, 굵어지는 빗줄, 방으로

뛰어 들어온 당신, 손바닥이 너무 비좁아, 젖은 지문을
털다 책상 위의 편지 한 장을 발견합니다

나와 당신 사이에 2쇄가 없다는 건 잘 알 테고

돋아나는 처녀

별들은 먼지를 뭉쳐 하늘을 속인다
내가 속은 가장 빛나는 별은 사랑

비처럼 비를 버리면
저녁 아홉 시는 곧바로 새벽 세 시로 간다

자정은 가장 닿고 싶었던 남십자성을 통과한다
별들이 흑판에 감춰놓은 투명한 방정식

새와 천둥을 가로지르고 분해되는
날개
평행 우주를 가로지르고 불타는
빗방울

번개가 터지고 광선 스치는 소리로 반짝거리는
나무는
단단하고 아름다운 빛의 뼈대

〉

바람의 소용돌이가 뿌리로 스며들고
시간과 강물이 등을 맞댄 채 너울거린다

밤의 뚜껑을 여는
빛나는 점 하나

식어가는 별의 행간에서
돋아나는 불의 처녀

만삭

만삭의 여인이 바닷물에 몸을 잠갔다

아기가 물소리를 기억하고 태어나 물을 것이다

엄마, 태양은 왜 저렇게 차가운가요

수많은 돌의 시간이 바다를 검게 만들었단다

매일 태양을 낳는 바다는 살점을 얼마나 뜯어 먹어야

하는 걸까요

너를 낳기 위해 열 개의 달을 녹여 먹었더니 배가 이렇

게 네모나구나

두들겨보렴

당신은 어디서 온 사막인가요

모래바람 속에 휘파람을 묻으셨나요

아무것도 남아 있지 않은 배 속에 태양을 넣고 꿰맸다

매일 아침 떠오르는 태양은 눈에 보이는 것 중 가장 낯

선 재료

공기 중으로 떠올라 익사하지 않을 것이다

〉

애야, 날카로운 휘파람에 목을 다쳤구나

두터운 막을 걷어내렴 그 안에 번개의 비문이 들어 있
단다

머리카락을 수평선 안에 가두고 난간을 부수어라

기쁘게도 우리는 지금 한 몸이다

목소리에 감춰둔 안개가 끓고 있는데, 무겁지 않니

울음으로 하늘을 뚫어 탯줄을 묻으렴

얼굴을 새겨 넣은 발목으로 강을 걷어차고

어미의 기름을 짜 그림자를 완성한 다음 곧바로 찢어버
려라

우리는 지금 함께 죽어가고 있다

달빛 터미널

다른 게 아니라 달빛으로 빚은 소주를 마시고 싶어서, 두루마리 달빛으로 밑을 닦고 싶어서, 새끼 보름달 삶아 먹다 목메 죽고 싶어서, 죽었다가

나무로 태어나 달빛으로 머리 감고 지나가는 비바람을 꼬여 앉혀 터미널이나 지으려고

검버섯 피기 시작하는 시간 쉬었다 가고, 아픈 별들 건너오게 견딜 수 없이 자라나는 팔다리는 하늘 저편에 걸쳐 둔다

물의 새끼들을 사막으로 보내 쓰러진 낙타 입술 축여주고 달빛 환으론 아기 못 낳는 여자 자궁에 불을 지필 수도 있겠어

하수구에 버려진 아기 데려다 걸음마 가르치면 당신은 나무 이름을 모두 달빛으로 바꿔 부르고 싶을걸

〉

죽은 동생 목에 걸린 빨랫줄을 노란 달빛으로 바꿔주러
같이 가자, 아버지가 버리고 온 라이따이한 남매 가슴에
월계수 꽃가지도 걸어주고

다녀와서 소주 한잔해, 검은 달을 낳다 죽은 보름이야

우주의 저녁

먹구름이 흘러가는 방향으로 가다 보니 저녁 숲이었다
앞서가는 사람들은 신발도 머리 위 구름도 아웃도어도
든든해 보였다
운동화에 비닐우산 얇은 목도리 두른 나는 지구의 이방인
반쯤 허물어진 무덤을 얼마 지나지 않아
산 중턱에서 번개 맞은 나는
나를 집으로 돌려보냈다

집으로 돌아온 나는
혼자 허둥대고 있을 나를 보려고 눈을 감았다
뒤집힌 우산을 놓치고 그는 엎드려 있다
유난히 도드라진 나뭇가지 하나가 허공의 예민한 부분
을 벌려
뜨거운 열꽃이 튀고 있는 게 눈에 띄었다
그곳에서 쓰러져 누운 나는 열꽃에 감전된 것
늦었지만 나는 산으로 가 그를 내려보냈다

개화의 순간은 지나고

점점 식어 단단해진 허공에 박힌 채 움직이지 못했다

유리 속에 박힌 압화처럼

의자를 자빠뜨릴 수도 연애를 기도할 수도 구름을 서두
를 수도 없었다

서쪽이 사라졌는지 해가 지지 않아

단단한 허공을 두드리며

서로 눈만 응시하였다

선과 악, 구름하고는 아무 상관없는 일이다

면도

자주 열지 않는 서랍에서 사용한 지 오래된
아내의 입을 발견했다 눈물을 말려 접은
아흔아홉 마리 학의 날개가 이따금 퍼덕거렸다

건기와 우기의 몸으로 낮에는
시든 발목에 물을 주고 밤에는 구름을 꺼냈다
새가 날아들지 않은 날은 이리저리 어깨를 옮겼다

부리 없는 새를 손에 쥔 아내의 오른쪽은 나비의 봄
왼쪽 풍경에서는 깃털과 함께 죽은 새가 떨어졌다
창밖에서는 흰 눈이 함박 웃으며 잿빛 어둠을 뿌렸다

어느 날은 아내가 홀린 여자와 술을 마시고
어느 날은 버려진 아내를 볕에 말려 속주머니에 넣었다
충분히 존재하지만 늘 부족한 아내와 시간은 닮았다

아내 눈빛을 오래 밟으면 깊은 강에 가둫는다
거기서 익사한 적 있다는 아내

그럼 당신은 누구지? 나는 묻지 않았다

산책을 나간 아내가 돌아오지 않았다
산책을 나가지 않은 아내가 돌아와
나를 불렀다 시 속에서 내가 튀어나왔다

어, 이런, 나를 못 알아보겠다
아내가 곧 탈고될 텐데
면도할 때 어느 턱을 깎지?

붉은 안개

산딸나무 밑 가시덤불 속에서 죄에 홀립니다

백양나무 끝에서 뻐꾸기는 울지만
단추와 지퍼를 달지 않은 뻐꾹,
눈앞에 떨어진 외마디가 검붉게 익어갑니다

안개 자욱한 울음 그 언저리에서
입술 위에 맺혀 있던 이슬방울의 방향을 잃었습니다

소나무 숲을 지나온 손수건에서 파충강의 비린내가 풍
깁니다
나무 덤불 밑으로 손목을 내던지고
건들기도 전에 떨어지는 열매 따라 낭떠러지로 미끄러
집니다

떫은 햇살 궁굴리던 단단하고 붉은 톱니바퀴에 할퀴이며
눈앞에 없는 그대와 함께 돌고 돕니다
5월 꽃의 흰빛들이 축포처럼 터집니다

〉

떨어진 꽃잎이 온통 붉어지도록 산자락을 뒹굴며
산딸기보다 검붉은 목덜미의 피를 핥고 또 핥습니다

하늘은 너무 높아 치명적입니다
어느덧 당신은 이슬에 닿아 발화하는 아득한 경계입니다

풋열매 따 먹고 배 아파 칭얼거리는 노란 낮달을 어르다
무릎을 떼어주고 동통 속에 그만 몸을 놓아버립니다

당신

눈 없는 길을 걷는다. 손톱에서 차례차례 번개가 터져 횃불 든 여신처럼 어둠의 겨드랑이에 불을 붙인다. 버려진 액자에서 흘러나온 바다가 수평선을 펼쳐 말린다. 옷을 갈아입고 첫 단추를 푼다

하늘의 빗장이 열려 당신을 길게 쓰다듬을 때 그림자끼리 주고받던 기린의 얼룩무늬 한 줄이 두릅나무 가지에 걸린다. 얕은 봄에 따 먹은 새순의 촉수는 어두운 몸 안에서 낯선 별을 더듬고, 발 디딜 곳 없던 새의 발톱이 공중에 길고 맑은 뿌리를 내린다

자라지 못한 허공의 무덤 안에서 해바라기를 오래 동경한 주머니 속 반달이 꿈틀거린다. 잠깐 깜깜했던 나를 당신이 입었다 벗자 얼굴이 샛노래진다. 나를 이어 붙인 당신으로 바깥을 켜다가 태양의 긴 팔에 안긴다. 태양의 배꼽에 머리를 집어넣고 당신을 빠져나간다

파묘

달아오른 그녀의 눈이 뒤집혔다 실바람에 떠밀린 솔잎 그림자가 여자의 둔덕을 자근자근 밟고 튼실한 햇살은 겁 많은 동물처럼 몸을 잔뜩 부풀려 여자 가운데를 물고 엎어 져 있다 대략 서른 해 정도 되었을 것이다 죽은 이를 달게 녹여 은하수에 쪽배로 띄워놓고

발갛게 익은 해의 중심에 손을 넣었다 빼자 어린 산이 딸려 나왔다 뒤이어 봄비가 손을 흔들며 바다를 끌고 왔다

끌려온 바다 옆에 또 다른 바다 섬 바람 파도 어부 강둑 그 어느 것도 탈나거나 넘치지 않았다 세상으로 찢겨 나가 달빛보다 헛소문에 붙어사는 그녀

4부

관

구겨서 집어 던졌다

바람을 일으켜 한곳으로 몰아

진공청소기로 빨아들였다

그릇에 담고 휘저었다

서랍에 넣고 문을 잠갔다

누군가 물었다

액체야 고체야

처음 본 거라 나도 몰라

입자이거나 파동이거나

낯섦은 나의 관

익숙함을 염할 때 오후의 광선을 쐰다

적당한 너비와 탄력을 가져

익숙함 스스로 몸을 묶는다

유령처럼 서서 보면 소리가

들린다 섬진강 휘도는

물소리에 던질 때

나도 함께 떠내려가다

돌에 걸려 간신히 구조된다

물기를 말리고 들어와

남아 있는 마지막 광선을

못에 걸다 폐부를 찔린다

빛의 장난에 휘말려 어릿광대로

보이던 오후 3시 39분의 내가

드디어 죽었다

기어이 죽였다

5시가 찬물로 저녁의

신생아를 씻긴다

파문

사람은 참,

닭 모가지 자르는 도마로 쓰이지 않아 다행입니다

이웃 생닭 집에서 땔감으로나 쓰라고 놓고 간 도마에

깊이 밴 비린 칼 냄새, 칼자국은 어찌나 뒤엉켰는지

불길에도 타지 않고 튕겨 나와요

아는 사람은 알죠

봄을 태우는 산불은 불이 아니란 걸

칼자국만 자르는 칼자국의 화염이란 걸

앞뒤 좌우 안 가립니다

불의 중심에서 고스란히 타 죽는 뜨거운 파문입니다

매직박스의 비둘기가 병아리를 낳은 밤의 일입니다

새초롬한 뚜껑이 갑자기 닫혀 반쪽 난 웃음이

비탈에 넘어져 흘린 엉덩이처럼 히죽이죽 납작해지다

병아리를 날리려는 찰나에 나는 단호해집니다

넌 지금부터 웃지 못해 반쪽을 잃어버린 주제에

숨은 그림자들 삼삼오오 뒤에서 쑥떡을 빚어요

귀 기울여보니 반쪽의 주인이 나라는 겁니다

무슨 말씀을 내가 잃어버린 건 시간, 보라고

닫힌 시간 뒤집어쓰고 까매진 거울을

바득바득 우기는 내 모습이 국회의원 같다며

돌아서서들 킬킬대요 난 슬그머니 칼을 가져다

그들의 냉소를 헤집고는

어서 꺼져 말 안 들으면 너희들도 재미없어

보란 듯이 매직박스에 칼질하다 기침이 터집니다

기침과 함께 튀어나온 큐브

검은 물방울이 맺혀 자수정 원석 같은 큐브를

이리저리 돌려 맞추며 감정을 조절합니다

웃을 때 큐브가 튀어나온다면 사람이 아닐 테니까요

사람은 참,

처음 듣는 새

자세 바꾸기에 좋은 가지 자넨

내 꽁지 냄새를 알겠지

부르지 않은 내 노랠 들으려 말고

날 잡아다 의자 만들어 앉아나 보게

인간을 말하기 위해 사용한 맹수는 그만 놓아주네

노래는 먼지와 뒤섞인 채 흩어져야 노래

세상을 더럽히고 짓뭉개야 노래

내 노래는 나무의 악몽이야

한껏 참았던 구역질이야

너무 조이다 끊어진 괄약근이야

아무에게도 전해지지 않는 노랠 흥겨워하다

어깨가 멀리 달아나버렸지

사라진 어깨에 발을 올려봐 밟아봐

물어뜯어봐 침을 흘려봐

참았던 걸 다 게워내봐

이제야 슬슬 노래가 차오르는군

울화로 반죽된 아주 차진 노래

거꾸로 매달려 치대다가 대가리 맞아 죽을 노래

몸통과 꽁지와 부리를 잘라 흩트려놓고

갈고리로 똥 덩어리로 작대기로

잘못 불리기를 바라는 흥겨운 노래

다시 뭉쳐 날려봐야 다시 새가 되지 않는

이 침통한 멜로디를 가장 멀리 있는 사람에게 전하게

이파릴랑 달지 말게 길이 보이지 않네

빌린 장갑

오른손을 왼손에 집어넣어 엉켜 있는 지문을 휘저었지
양 떼가 울어 목동에게 지팡이를 빼앗아 울음의 골수에
꽂았지
실마리를 겨우 찾은 당신의 지문이 돌아가는 길을 잃어
어쩌나

왼손을 오른손에 넣으니 비린내 나는 당신의 악수들과
오래 쓰다듬어 붉어진 누군가의 뺨이 나왔지
따뜻한 샘에 얼굴을 비춰보는 뺨은 둥지를 탈출한 새알
같아
당신의 손길을 기다리며 뒹굴기만 해
밟아버렸어 그날부터 당신이 아프다고 했지

잘못했어

용서를 비는 건 손 너머의 일
억지로 붙들려 있는 허리띠 같은
너에게 가능한 일이 나에겐 왜

창문에 얼룩진 절규의 첫 무늬일 수도 있다

고마워,

말하곤 지문의 손잡이를 떼어버렸다
막 이륙한 비행기는 바퀴를 접어 넣으며 대지를 비웃었고
아니 그래, 당신은 빌린 장갑에서 칼자루를 훔쳤다고

이런, 잃어버린 장갑을 찾지 않겠어
희미해지는 십이궁이라도 내어주지 않겠어
고장 난 달밤의 뒷문을 열어 별자리를 빼돌리겠어

천둥 벼락이 치면
손을 다 태워버려
심장으로 새 피가 흘러들어갈 거야

손바닥은 무궁무진하니까

고양이 피는 장미밭

장미밭에서 고양이 울음이 피어나고 있었죠
야옹, 장미는 향기를 토하며 날카로운 이빨을 드러냈어요
이빨은 나뭇잎 자라는 속도로 뾰족해지고
젖은 속살 말리며 수염은 점점 더 날카로워졌어요

오늘은 밤에 피는 연분홍 가시로 문신을 뜨기로 해요
거기 말고 달팽이를 내밀어봐요
까마귀 울음 치우고 반죽된 웃음의 맥을 풀어요
죽은 곤충이 붙어 있는 거미줄이라니, 이마 좀 닦아야
겠어요

젖꼭지가 하늘에 닿아 폭풍우가 바람과 발목을 뒤섞고
문 열린 부적에서 빗자루가 빠져나가요

고양이는 죽어 있고
병 속에서 무성해지는 장미 넝쿨

고양이밭에서 흑장미가 피어나고 있어요

장미는 긴 꼬리를 치켜들더니 사뿐 가시 울타리를 타
넘었어요

털갈이한 검은 꽃 이파리에선 달빛 같은 암내

암내 맡고 몰려드는 먹구름

장미가 새끼 구름을 낳으면 유리병에 넣어 말려요

자라지 못한 작은 그림자는 번개에 태워 날려버리죠

담

담 너머 빨간 석류를 올려다보고 있는데 담을 옆구리에
낀 여자가 흘끔거리며 지나간다

이봐요, 담이 무겁지 않아?

당신 돌았군, 이게 담으로 보여?

여자가 옆구리를 탁 치자 멍멍 개 짖는 소리가 들린다

소리로 단정하자면 여자 옆구리는 눈먼 개

지금 담이라 부르는 것은 내가 모르는 사물의 딱딱한
그림자

검은 복면으로 얼굴을 가리고 담을 넘나드는 그림자,
낮에는 훔친 담을 베개 삼아 잠자고 밤에는 높은 담 하나
를 타고 누군가의 꿈속으로 잠입한다

깨진 꿈에 머리를 맞은 누군가가 놀라 몸을 뒤흔들 때

복면은 갈 길을 잃고 허둥대다 당신의 입술 혹은 당신
의 방에서 새벽을 맞는다

세수하려고 세면대에 몸을 기울인 당신 목덜미를 그림
자가 타고 앉는다

쓰러진 당신 몸에 뿌리를 내리고 담은 무럭무럭 자란다

잘 자라는 모습이 쓸모 있는 나무 같아 벌목꾼이 당신

배에 줄자를 댄다

　배꼽 주변을 맴도는 거미-병 조각-담배꽁초-비에 뚫린 편지-야반도주하는 한 쌍-개미 떼-늦게 핀 꽃 한 송이-히키코모리 초승달-부연 유리문-메마른 빗물

　에서 나온 나비와 벌이 누군가의 잠 속으로 들어가고 석류 한 알이 그림자 안쪽으로 굴러떨어진다

렌즈

눈이 내리자 렌즈가 녹아내린다

빛을 잘 조합해 검은 자동차를 만든 검은 자동차
출렁이는 바다를 빚는 검푸른 물
침을 섞어 만든 딱딱한 돌멩이로 비행기를 접어 날리는
어린아이들

나는 성난 빛의 뺨을 쳐서 검은 독수리를 얻어낸다
독수리 부리를 핥아 혀를 검게 물들이고 무지개를 희롱
해 암흑의 탈출을 돕는다

태양광 발전기에서 눈물을 받으려다 마비된
손끝에서 똑똑 렌즈가 떨어진다

차츰 굳어가는 렌즈에 손금이 박힌다
어디선가 날아온 핀셋이 손금을 걷어내자 참새가 얼른
낚아챈다

〉

참새야,

나는 광선 바깥에 있다

날개를 키우고 힘줄을 늘려 또 다른 광역으로 치솟아
봐야지

눈에 보이지 않는 것을 감각하는 건 희미해져가는 빛
의 일

깨진 렌즈를 먹어치우던 새벽녘

그믐달은 수많은 예감을 조물거리다

어두운 가슴 한쪽에서 돌무더기를 빼냈다

얼굴보다 나뭇잎

오래된 얼굴에 금이 가면 나뭇잎 찧어 즙을 흘려 넣어야지, 어깨에 묻은 이름이 말라가면 가루 내어 강기슭에 뿌려야지

반대말이 자라나는 속눈썹에 빨간 열매 달고 등 넓은 바람에 업혀 종을 쳐야지

설익은 얼굴을 위한 춤을 춰도 좋겠네, 또 한 잎 화려한 입맞춤

무성했던 얼굴 태우는 냄새 맡으며 깎은 손톱
혼백 위로하듯 나눠 버리고 나무 아래 누우면 수직을 위해 날개 펴는 새를 만나지

날아오르는 새의 목소리를 들판에 심고 옥수수에 입술을 문지르지. 주체할 수 없는 노랫소리를 발톱처럼 자르는 빗줄기로 세수를 하지

〉

이듬해 음감이 뛰어난 귀가 주렁주렁 열리면 새들은 조율하지. 물과 돌, 나와 여자, 그와 남자, 하늘과 치즈, 술과 공기

구멍 뚫린 데스마스크에 깃들어 사는 하늘벌레가 땅 위에 슬어놓은 그늘들, 황혼 무렵이면 조심조심, 그늘진 얼굴에서 어린 태양을 거둬들이지

드르니항에서 보낸 무쉬의 날

내가 나와 가장 멀어질 때 내 속에서 늑대가 뛰어나갔다

그렇다고 인생이 더 순해지는 건 아니다 지평선과 가까

워질 뿐

한쪽 벽에 기대앉은 파도는 건드리지 않는 게 좋았다

두 번 다시 파도가 될 수 없는 파도는 몹시 사나워지거나

해파리처럼 달라붙는다

육각형의 새를 보았다

먹구름 그림자를 종종 쪼다 날아오르는 새, 팔을 벌리

고 다리는 모아 쭉 뻗어 흉내 내본다 그 순간은 육각형이

완전체로 보였다 맨발로 육각형을 지우고 한쪽 무릎을 세

움으로써 가장 아름다운 완전체를 실현한 건 예수

물의 비중은 1

새의 비중은 0.1

나의 비중은 열 방향의 바람

〉

모래톱에 썰린 바다와 하늘이 낳은 따개비, 제 조상을 닮지 않은 시간의 모습, 내일을 미끼로 사람을 낚고 있다

에스프레소 인간머신

노을 펼쳐진 하늘로 사람들이 빨려 올라간다 하늘은 짧은 인사말로 캄캄해진다 이별은 늘 딱딱하고 불편한 의자 위의 독서

나를 떠나기 좋은 무쉬*의 포구

바다는 달을 더 크게 키우고 난 몸속의 것들 다 쏟아버린다

* 무쉬 : 조수가 붇기 시작하는 물때. 조금 다음 날인 음력 8, 9일과 23, 24일.

흔

어둠을 놓치고
빛을 굶었다

넘어진 몸 위로 태양 하나가 떨어졌다
1분에 10센티씩 이동하는 시간을 감각하며
꿈틀거렸다

충만해진 빛을 밀고 당기며
시와 몸의 극이 부풀어 터졌다가
그늘진 공간 모서리에서 합쳤다

알 수 없는 빛에 감싸인

시간의 손에 들려 있는 한 얼굴 위로
먼지의 문자가 내려앉았다
한 바다가 닫히고 두 바다가 열렸다

얼굴과 바다와 하늘이 분간되지 않았다

〉

좌우로 흔들리는 해의 흑점을 흡입해 삼켜
뜨거워진 몸이 터널처럼 텅 비어갔다

멀리에서 다가오는 검은 그림자

뭐라 부를 수 있는 이름이 없게 된 시의 흔적
몸
몸의 흔적
시

　두 개의 혼이 이룬 공간에서 기체로 분류된 나를 타고
넘는다

설원

설원에 무언가를 떨어뜨렸다
보이지 않는 그것의 이름은 '없다'
백설에 묻혀 있는 없다의 시선에 나도 없다

침묵은 바위 안에서 뜨겁고 혀 밑에서 차갑다
없다는 어디에나 있지만 투명해서 보이지 않는다

밝은 동쪽 창을 보고 있다가 눈을 감으면
세상에 없는 불꽃에 두뇌가 타 없어진다

중천에 몸을 둔 보름달이 밤바다에 노란
빛가루 뿌려 검은 물의 영혼을 얄랑 뒤집어주는 거기
에는
그것 말고 아무것도 없다

내 속에 들어 있는 '없다'에 노란 달가루가 쌓여갈 때
불쑥 마주하는

〉

‘있는 사람’

죽어야 살아나는 내 안의 이름 모르는 동물

내 속의 없다가 더욱 선명해진다

달의 흡연

담배의 입술 담배의 혀 담배의 성기 담배의 무릎

제 발가락 빠는 키스의 추억

나팔꽃 나발 불다 카루소 카루소 콜록콜록

둘이서 담배의 끝을 물고 한 입씩 베어 먹으면

맵다 연기를 좀 더 열자

들판이 입에 문 기차 때문에 레일은 구름 한번 돼보지
못하고 녹슬었지

갑자기 혼자 있게 된 소년의 방을 홀랑 태운 건 노란 달
빛 란제리

보름밤 등꽃 아래서 달을 흡연할 때 목구멍을 훑는 실
뿌리 같은 달의 근육

세 번 결혼한 암고양이 암 걸려 죽기 직전 덜덜 떨리는
손으로 빨던 던힐

그녀 허파에서 종소리가 들렸어 앙그랑앙그랑

더 독한 타르를 불러왔지 그래그래 하얀 가루와 촛불
시위도

쌈을 입에 넣어줄 때 구름의 손끝에선 모반을 꿈꾸는
냄새

나비가 보고 싶으면 나뭇잎에 애벌레를 말아 피웠어

가스통 바슐라르의 가스통은 얼마나 많은 비밀에 불을
지폈나

세상의 모든 담배를 동시에 태우면 그보다 환한 불멸은
없을걸

사람이 드나들지 않는 불면 속 터널은 너무 깜깜해

신록을 흡입하며 쿨럭거리는 막 죽은 묘는 황톳빛

빠끔빠끔 심해를 피우는 물고기 눈망울로 카리브해는
더욱 맑아지지

빅토리아 폭포는 아프리카가 내뿜는 담배 연기

지중해로 흘러드는 사바나를 보며 깊숙한 끽연을

전쟁 한 갑 주세요 난민 두 갑 주세요, 여보세요 불도 좀

새로운 천사

천사의 전직은 뭐였을까
천사에게 물어보았다
"너였어"

나는 널 몰라
몰라도 너야

겨드랑이 날개는 그럼
눈먼 이들의 장난이지 날개 없으면 못 알아보니까
찢어진 날개는 개뿔
날개가 있어야 찢어지지 새한테나 줘버려

여자야 남자야
쪼다 병신 아직도 그런 게 궁금해
천사에게 그런 건 중요하지 않아
욕도 하네 그럼 뭐가 중요해

너희 인간들을 내려다보고 있다 말하자면 그런 거

경각심 오늘 저녁 술이나 한잔해

아니 피 한 잔 내 얼굴 백랍처럼 창백하지 않나

니가 내 피 다 빨아먹으면 나는 백지 천사 되는 건가

싫으면 다른 사람의 피를 뽑아줘

그건 살인인데

니가 전직 천사였을 때 한 일이 바로 그거야

아흔아홉 명의 피를 뽑아 니 혈관을 채운 거야

잊고 싶겠지 잊어야 인간이지

신을 만나본 기억도 전혀 없어

지랄 나도 아직 못 봤어 면상을 봐야 자릴 알아보지

난 아직 보직이 없어 갈팡질팡이야

그럼 넌 천사 아니구나

니 눈에는 어떻게 보여 말해봐 사실은 그게 요직이다

나 낚인 거니 천사한테

음 천사라고 바로 말하는군 그래 난 천사야 현직

양치기 알지 늑대라고 소리친 적 없는데
양치기 주제에 천사를 만나는 게 질투 나서
천사를 늑대로 바꿔 친 거야
별이 가장 좋아하는 깜깜한 밤중의 일이지

인간을 인간으로 잠재우기 위해서
인간이 인간이어야 천사가 존재하니까
너무 위험한 발언이다
잠깐 무슨 냄새지 소리도 들리고

사람들이 천사를 찢어내는 소리
찢기어 떨어지며 흘리는 눈물 냄새
찢기다니 천사가 눈물도 흘리고

다시 태어나는 절차
천사는 천사를 낳지 못해
천사에게 인간이 꼭 필요하군요 가브리엘
가버리라고 그래 그럼 난 이만 가버릴게

〉

아니 가브리엘 다시 돌아와

천사에게 다시라는 말은 없어 젠장

　나도 모르게 몸을 뒤적거렸다. 놀랍게도 손이 몸속으로 푹 푹 들어갔다 나왔다 한다. 천사가 내 살을 훔쳐간 것 같다. 마침 석류 씨를 뱉을까 삼킬까 망설이던 중 한 번은 꼭꼭 씹어 삼켰고 한 번은 뱉었다. 칼로 자르면 석류가 아니고 악력으로 자르다 놓치면 와르르 쏟아지는 알갱이에게 감히 천사직을 맡겨본다. 나의 새로운 천사, 방금 삼킨 석류 알 네 속으로 들어간 거 맞죠

안개라는 소리

안개가 햇병아리 같은 태양을 품고 있다

안개라는 양파를 까다 손바닥에 옮은 우주의 손금

말을 주워 먹은 개들은 새가 되어 하늘을 날고
말을 주워 먹은 따개비는 먼바다로 나가 향유고래가 되
었다

안개 속에서 잘린 목젖들 몸을 부화시키며 떠돌았다

종이 인형에 입술을 떼어준 주름투성이의 흰 구름
알 속에 들어 있는 벙어리 여자를 깨뜨린다

코앞의 너를 발음하기도 전에 증발해버린
소리의 말문이 한순간에 터졌다

흰 날개 가진 새들이 동시에 깃털을 뽑아 날렸다

〉

폭설이다
맨발의 동쪽이다

꽃차

내 몸에서 썩은 내가 나
살아 있는 꽃은 안 썩어, 언니

바람으로 누가 찻물을 끓이나 봐
바람이 활활 끓어
생강나무꽃 노란 향을 젓다 손가락을 데었어

꾸지뽕은 비탈에 좋고 찔레꽃은 뼈끗에 좋대

새로 피어난 언니는 어디에 좋아?

무덤이 우러난 샘물이 맛이 깊다 하지
해골 물 마시고 부처 된 고승도 있고
어떤 이는 파묘에서 주운 사과를 먹고 막힌 침샘이 터
졌다지

새를 날려 마시며 하늘을 흔들어 마시며 구름을 비벼
마시며

〉

거센 바람이 몰려오네

저녁 해가 하얀 거위산 다 우려먹기 전에 능선 하나 더

타야 해

내가 지나간 후 누군가 잘 우려난 발자국 마시면서

후루룩 후-후 내뱉는 꽃 이름을 알려줘

어서 그냥 네 갈 길 가

독초 약초 다 잊고 명치의 통증을 동서남북 삼아

남겨진 새

공중에서 새가 파기되었다
필요하지 않은 만큼 떨어져 나와
풀밭 한쪽을 채웠다

연하고 부드러웠다
순하고 가물가물하다
옳음과 그름은 안 보인다
이유도 원인도 나타내지 않았다

사랑하고 투쟁하는 데 쓰였을
부리의 단호한 직선
꽁지의 날렵한 수평
발톱과 몸통이 함께 지워나간 무수한 수직

죽음에는 쓰이지 않았으나
갓 채워진 죽음이 날개와 평형을 이루었다

살아 있는 새가 모두 날개를 펼쳐도
공중이 넘치지 않았다

해 설

꽃과 천사 그리고 인간으로서 살아내기

기혁 / 시인·문학평론가

> 그대여, 그들에게 말하라. 눈이 보기 위해 있다면
> 아름다움은 그 자체가 존재의 이유임을.
> — 랄프 왈도 에머슨, 「로도라(The Rhodora)」

시를 쓰는 행위는 분명 시인의 자유 의지에서 출발하지만, 그러한 시심(詩心)의 최종 단계는 '쓰는 것'이 아니라, '받아 적는 것'으로 언급되곤 한다. 자유 의지에서 출발해 결정론에 몸을 내맡기는 이러한 시 쓰기의 과정은, 예술 작품으로서의 시가 인식적, 도덕적, 미적 판단으로부터 가장 자유로운 장르적 위치를 지향하고 있음을 드러낸다. 가라타니 고진은 칸트의 『순수이성비판』을 분석하면서, 개인의 자유 의지가 단지 '자유로워지라'라는 당위에 의존할 뿐이므로, 자연 필연성을 벗어날 수 없다고 보았다. 다만 그러한 당위의 명령자로서 책임을 회피할 수 없기 때문에, 모든 행동은 이성적(윤리적) 판단의 대상이 된다는 것이다.[1]

결정론적 자연 필연성과 자유 의지를 양립시키는 칸트의

관점에서라면, 그간 레토릭으로 호출되어온 시의 '절대성' 역시 다른 시각으로 접근할 수 있다. 즉 '쓰는 것'으로써의 시는 언어적으로 집행되는 당위적 명령(자유)으로부터 시작하지만, '받아 적는 것'으로써의 시는 '자유로워지라'라는 언어(명령)가 마침내 자연 필연성을 확보하고, 이성적 판단이 불가능한 실재 '자연'의 지위를 부여받는 것으로 간주할 수 있기 때문이다. '받아 적는 것'으로써의 시를 쓸 수 있다고 믿는 시인이 있다면, 그는 자신이 썼다는 것을 '가정'해야만 시의 절대성을 증명할 수 있다. 시를 쓴다는 것은, 시를 썼다는 흔적과 시인 자신을 지워내야만 하는 이율배반(二律背反)의 여정이며, 그것은 곧 시인에게 내재한 자연을 인정하는 한편, 내재한 자연에 대한 인식과 판단을 중지함으로써만 가닿을 수 있는 자연미를 모색한다는 것을 아울러 의미한다.

이정란의 네 번째 시집 『이를테면 빗방울』은 익숙한 자연을 전유해 낯선 자연미를 추구하려 한다는 점에서 앞선 시집들과 연장선에 있다. 그러나 세 번째 시집의 뒤표지 글[2]에서 보듯이, 시인은 시적 전유의 과정에서 부각되는 '쓰는 자'로서의 '나'를 인식하고 그것의 흔적을 지우기 위한 분투에 뛰

---

1 "우리는 자유를 배제했을 때 현상(자연 필연성의 세계)을 발견하고, 자연 필연성을 배제했을 때 자유를 발견한다는 것이다. 사람이 뭔가를 저질렀다면 그것이 아무리 불가피한 것이라 하더라도 윤리적 책임이 있는 것은 '자유로워지라'는 당위가 있기 때문이다. 그래서 사실상 그에게 자유가 없었음에도 불구하고 자유로웠던 것으로 보아야 하는 것이다." 가라타니 고진, 송태욱 옮김,「자연적·사회적 인과성을 배제한다」,『윤리21』, 사회평론, 2003, 72~73쪽.

어들었음을 밝히고 있다. 그러한 분투는 '받아 적는 것'으로 써의 시를 명징하게 구분할 수 없다는 점, 그리고 인식과 판단을 초월한 자연으로서의 시(인) 역시 상상하기 어렵다는 점에서 현실적인 문제로 육박해온다. 세 번째 시집에서 발견되는 비현실과 해체의 흔적들은 현실에 발붙였던 이전 시집들과의 변별점으로 작용하는 한편, 이번 시집에 이르러 자연과 관련한 주요한 문제의식으로 확장된다.

그것 외에 아무것도 아니다

빛의 길고 오랜 방랑이 석류를 위해 존재해왔다
태양에 지쳐 모자로 눈을 가리고 언덕에 누운 사이
피로에서 붉음을 빼내 단지 석류에게만 던져 준 것

전생도 후생도 붉음인 석류 앞에 빛깔로 나설 물건이 없다
아,라는 날카로운 칼날에 벌어진 입술이 차가움에 환각된다

숨을 뱉어 단단함을 연다. 숨이 닿는 순간 부스러지고 갈라져 해체되는 붉음. 소멸과 드러냄을 왕복하는 방식으로 문을 열고 닫는다. 밀착되지 않는 구석 자리는 몸에 각을 만들어 밀고 나간다. 더러 튕겨 나가

---

2 "모래의 온도가 70도를 넘는 사하라 사막의 언덕을, 낙타 똥을 굴리며 오르다 미끄러지고 오르다 미끄러지고를 수십 번 거듭하다. 집착을 버리고 날아오르는 순간 쇠똥구리는 알바트로스가 되고 곤이 되고 붕새가 되는 것이다. 나를 우주로 만들어놓거나 우주의 법칙 바깥으로 쏘아 올리는 것 중에서 가장 두근거리는 사건은 언제나 詩였다. 그렇게 간절한 사건 앞에 몸을 활짝 열어젖히지 못했다는 아쉬움이 큰 것은 詩를 가리는 안개의 시간이 많았기 때문이다. 인간과 사물 사이에 선 삼광시를 찾고 성년으로 빛살을 낯가를이는 나는 시너이 詩의 과녁이다." 이정란,『눈사람 라라』, 천년의시작, 2013, 뒤표지 글.

는 밀폐 공간, 폐쇄를 밀어버리는 광부처럼 입으로 입으로 광맥을 파헤
치다

끝내 붉은 기억만
영 캐럿

—「석류」전문

시집을 여는「석류」의 첫 문장에서 드러나듯이, 시인에게
자연은 "그것 외에 아무것도 아니다"라고 단정할 만큼 절대
적이다. "빛의 길고 오랜 방랑이 석류를 위해 존재해왔다"면
이 세계는 시적 주체가 아니라 "석류"(자연)를 중심으로 구성
되는 것이고, "전생"과 "후생"의 선사(先史)와 역사(歷史)가 모
두 "석류"에 의해 결정될 따름이다. 문제는 "붉음인 석류 앞
에 빛깔로 나설 물건이 없"음에도 자연에 가닿기 위한 모든
몸짓이 "아,라는 날카로운 칼날에 벌어진 입술이 차가움에
환각"되는 당위의 가정(假定)을 넘어서기 어렵다는 점이다.
"소멸과 드러냄을 왕복하는 방식으로 문을 열고 닫는" 시 쓰
기의 과정은 좀처럼 '받아 적는 시'로써 완성되지 않는다. "입
으로 입으로 광맥을 파헤"칠수록 자연으로서의 시는 요원해
지고 "끝내 붉은 기억만/영 캐럿"인 현실이 다가오게 된다.
시 쓰기의 시작은 분명 "환각"이 아니지만, 그러한 현실 속에
서 시인은 당위의 가정에 기댄 채 세계를 재현할 수밖에 없다.

와르르 무너진 끝장을 보고도 흘러가는 것이 이미지
진위와는 먼 거리에 걸쳐진다, 총천연색

(중략)

담쟁이덩굴이 숨기는 건 담이 아니다

성급히 수직을 타던 청설모가,   툭
떨어뜨린 솔방울이 내 품에 있다면

청설모를 입에 넣어
청설모를 토해내는 꿈을 백 번 더 꾸고도

나는 당신과 여전히 빈 상자를 던지고 받는다
육면체를 풀어헤친다

등이 무한해지고
앞이 가능해진다

　　—「교차」 부분

　따라서 시집 곳곳에서 발견되는 분열된 자아의 목소리는
현실을 비틀고 해체하려는 욕망과는 다른 층위에 놓인다. 인
용한 시편에 묘사된 세계에서 핍진한 현실성을 기대할 수는
없겠지만, 우리는 텅 빈 자연의 진실을 목도하게 된다. '받아
적는 것'으로써의 시가 좌절된 시인에게, "진위와는 먼 거리

에 걸쳐진" 자연은 현실로 인한 공백을 노출한다. 그리고 다시금 "담쟁이덩굴이 숨기는 건(것이) 담이 아니"라는 현실의 균열을 당위의 가정을 토대로 재현하는 것이다. 시편의 제목이 지시하는 바와 같이, 그러한 "교차"의 세계에서 시인은 "청설모를 입에 넣어/청설모를 토해내는 꿈을 백 번 더 꾸고도" 자연에 가닿기는커녕 "나는 당신과 여전히 빈 상자를 던지고 받는다"는 현실만을 환기할 따름이다. 균열된 현실 속에서 끊임없이 자연을 모색하는 시인의 태도는 마침내 "빈 상자"의 "육면체를 풀어헤친" 사방이 뚫린 고독을 초래한다. "등이 무한해지고/앞이 가능해"지는 상황은 얼핏 낙관적 미래를 전망하는 듯하지만, 기실 "빈 상자"로서의 자연을 지향한 시인이 짊어져야 할 망망대해(茫茫大海) 속 소외와 다르지 않다.

꽃으로 꽃을 감추어 핀다
향기로 위장한 향기를 흩는다
천 가지 빛을 잃고 남은 한 가지 색 위에
눈물이 떨어질 때
벌레가 지나간 구멍으로 들이친 벼락에
꽃의 이전과 이후
뿌리의 이전과 이후가 나타날 때
씨앗에 새겨져 있던 죽은 꽃이
언뜻
피어날 때
향기는 환각이다

뿌리는 땅을 등진다

꽃잎은 빛의 수염이다

씨는 지금의 꽃을 감춘다

하늘은 눈을 감는다

바람은 지나친다

물이 돌아온다

어둠이 풍성해진다

어둠의 핵심에 가시가 돋친다

꽃이 파괴된다

—「꽃의 눈물」 부분

    시가 자연에 가 닿으려 할수록 더욱더 고립되는 상황은, 근대 이후 '기호로서의 언어'와 '형상으로서의 언어'가 그 경계를 공고히 하면서 발생한다. 아도르노가 지적한 바와 같이, 기호로서의 언어인 과학은 자연을 인식하기 위한 계산의 도구로 전락했고, 형상의 언어인 예술은 자연을 재현과 모방의 대상으로 한정해버렸다.[3] 아도르노의 오랜 주장을 그대로 받아들일 수는 없겠지만, 우리가 자연을 인식하기 위해서는 필연적으로 현실을 의식해야 하고, 그러한 비교의 과정에서 우리 내부의 선험적인 자연을 잊어버리게 되는 순환 구조는 쉽게 깨질 것 같지 않다.

3 테오도르 아도르노·M. 호르크하이머, 김유동 옮김, 『계몽의 변증법』, 문학과지성사, 2001, 43~44쪽.

인용한 시편에서 드러나듯이, 시인은 "꽃으로 꽃을 감추어" 피는 현실의 균열을 "꽃의 이전과 이후/뿌리의 이전과 이후"로 나누고, 절대적인 자연의 결정론을 모색하려 한다. 하지만 "씨앗에 새겨져 있던 죽은 꽃이/언뜻/피어날 때"의 당혹스러움처럼, 비어버린 대상("죽은 꽃")에 가 닿을 수 있다는 믿음 자체가 환각이라는 사실에는 변함이 없다. 자연을 인식하기 위해 자연의 '전후'를 생각해야만 하는 현대인의 관점에서, "꽃잎은(이) 빛의 수염이" 되거나, "씨는(가) 지금의 꽃을 감"추고 있거나, "하늘은(이) 눈을 감"거나, "바람은(이) 지나"치거나, "물이 돌아"오거나, "어둠이 풍성해"지는 등의 무수한 서술적 표현들은, 그것의 맥락과 관계없이 오직 '자연'이기 때문에 연쇄적으로 나열될 수 있다.

그러나 그 과정에서 언어가 묘사해놓은 자연은 실재의 자연을 취사선택함으로써, 우리로 하여금 언어 외부의 자연을 잊어버리게 하거나 배제하도록 만든다. 아도르노가 지적한 바와 같이, 실재의 자연은 그러한 인간의 의식을 통해서만 힘을 발휘하게 되는 것이다.[4] 언어는 그 서술적 표현의 유사성을 통해 자연에 가닿을 수 있다고 가정하지만, 그러한 가정으로부터 우리가 인식한 자연은 차츰 "어둠의 핵심에 가시가 돋"는 환각의 블랙홀을 형성하게 되고, 당위의 가정이 재현

4 테오도르 아도르노·M. 호르크하이머, 김유동 옮김, 『계몽의 변증법』, 문학과지성사, 2001, 42쪽.

한 것들을 집어삼키다 마침내 실재하는 "꽃이(을) 파괴"해버
린다.

 태생부터 불안과 공포를 찢고 나오는 것이 노래

 오랜 시간도 벗겨내지 못하는 붉은 물감으로
 동굴도 아니고 울음도 아닌 꿈의 음계를 채색한다

 허위로 덧칠된 노래를 내버린 가수는
 목젖을 잘라 심장에 던져놓고 멎지 않는 출혈을 읊조린다

 (중략)

 몸 깊은 곳에선 해초처럼 혀가 자란다
 금지된 음악들이 혀를 휘감으며 앙상한 물고기들을 풀어놓는다
 물고기들은 침과 뒤섞은 물방울을 튀겨 나비의 날갯짓을 치켜세운다

 나비들이 산란한 노래가 방치된 숲에선 검은 눈동자들이 반짝거린다
 불안으로 기운 공포가 뜯어지며 송 송 블루

 블루는 노래를 망각할 때까지 입을 닫지 않을 것이다
 처음에는 실수로
 그다음엔 피를 부르기 위해 입안의 군살을 깨물었다

 ─「노래하는 블루」 부분

이쯤에서 우리는 시인이 천착하는 자연이 소재주의 이상의 의미를 지니고 있음을 짐작할 수 있다. 파멸을 향해 돌진하는 세계에서 시를 쓴다는 것은 실재의 자연을 변증법적으로 지양함으로써 "태생부터 불안과 공포를 찢고 나오는 것"일 수 있지만, 그것은 "동굴도 아니고 울음도 아닌 꿈의 음계를 채색"하는 것처럼 종합되지 않는다. 더욱이 환각과 좌절을 반복하는 난감한 사태는 자연에 대한 인식 자체를 부정하고 지워나가는 방식에 가까워 보인다. 물론 그러한 환각과 좌절을 반복하면서 "노래를 망각할 때까지 입을 닫지 않"으려는 시인의 의도는 명확하지 않다. 다만 그러한 부정의 반복을 통해, "불안으로 기운 공포"의 바느질 자국이 드러나는 순간을 목격할 수는 있을 것이다. "처음에는 실수로/그다음엔 피를 부르기 위해 입안의 군살을 깨"무는 상황처럼, 일상의 우울("블루")이 딛고 선 균열된 세계의 "공포"는 좌절된 언어에 묻은 "피"의 궤적을 따라 가시화된다.

주체와 객체, 인간과 자연의 완전한 합일이 불가능한 균열된 세계에서 무언가를 '받아 적기' 위한 시인의 분투는 절대성에 대한 맹신이 아니라, '쓰는 자'로서의 자유를 확보할 수 있는 유일한 방법론으로써 동원된다. 이정란은 호접몽을 꿈꾸기 위해 먼저 눈감지 않는다. 오히려 "나비와 인간의 혼선에서//늦게 날아오르는 나비에 눈이"(「새에 대한 어둠의 견해」)머는 쪽을 택한다. 그렇게 사소한 자연물들과 일상의 사물을 대할 때조차 시인의 두 눈에선 극도의 소외와 옅은 비린내가 스며 나온다. 손에 쥔 자연을 붙들고 끝끝내 그것이 비어 있음을 확인하려 할 때, 우리는 '쓰는 자'의 자유에 뒤따르는 윤리를 판단할 자리에 앉게 되지만, 판단할 무엇도 남아 있지 않은 기이한 상황과 마주하게 된다. 그것은 자연이 아니지만, 그래서 더 간절하게 자연을 비껴 나가는 세계, "이를테면 빗방울"로 명명할 수밖에 없는 직관[5]의 세계를 형성하는 것이다.

누구는 과육을 먹고 누구는 향기를 마시고

삼키는 열매도 있고 터뜨려 먹는 열매도 있다

바다 단전에 찰싹 붙어 어둠을 빨아먹는 밤배는 물의 열매
보름달로 익어 심해를 밝힌다

달에서 빼낸 씨를 가루 내
처음 우린 물에선 유황 내가 나고

5 여기서의 '직관'은 미국의 초절주의 시인 랄프 왈도 에머슨(R. W. Emerson)의 저작에서 빌려온 개념이다. 에머슨은 '직관'을 통해 자연과 속세의 인간 사이에 더 이상 분석할 수 없는 어떤 공유점을 발견할 수 있다고 보았다. 동양적 자연관을 통해 절대적인 존재와 합일의 가능성을 언급하고 있다는 점에서 필자의 논의와는 거리가 있다. 하지만 기존의 논의들이 자연과 문명, 이성과 감성의 이분법적 접근 속에서 순환했던 것과 달리, 직관을 통해 각 대상들의 고유한 가치와 개별성을 인정한다는 점에서 수용의 여지가 있다. 본고에선 에머슨의 논의를 바탕으로 윤리적 판단이 개입하기에 앞서, 주로 시각에 의해 포착되는 무엇으로 사용하고자 한다. 유효한 구절을 옮기면 다음과 같다. "우리는 근원적 지혜를 직관이라고 표시하는 반면에, 그 후의 가르침들은 모두 수업이라고 한다. 그 심오한 힘, 분석할 수 없는 그 최후의 사실 속에서 모든 만물들은 공통의 근원을 찾는다. 사실 어떤 연유인지 알 수 없지만 조용한 시간에 영혼 속에서 일어나는 존재의 의식은 물(物), 공간, 빛, 시간, 인간과 별개가 아니라 하나이며, 분명히 그것들의 생명과 존재가 기인한 동일한 근원으로부터 나온 것이다." 랄프 왈도 에머슨, 서동석 옮김, 『자연』, 은행나무, 2014, 108쪽.

그다음 우려낸 물에서는 갯내가 난다

향은 열매를 통과해 영근 물의 리본

지층의 광맥을 지나 대지의 심장에 가는 촉수를 대고 몸을 떨었던

공기의 낱장을 너무 빨리 넘기지 마라

장미는 향을 얻기 위해 거듭 깨어나
수십 장의 살을 바르고 코끝에 가시를 세운다

발밑에 버린 새빨간 면도날에서 그 향을 맡는 자

이를테면 빗방울

—「이를테면 빗방울」전문

주지하다시피, 근대 이후 '동일성의 원리'에 포섭된 자연
은 그 내부의 신비감과 어둠을 상실해버렸다. 인용한 표제시
의 경우처럼, 자연은 오직 인간의 욕구를 충족시키기 위해 존
재하며, 경제적 가치가 확인된다면 언제든 거대한 기계 설비
속에서 공산품과 다를 바 없이 길러지고 값이 매겨질 수도 있
다. 시인에게 꽃은 더 이상 "바라보고, 냄새 맡고 만져봄에 의
한 즐거움으로써 우리의 미적 의식에 주어지는 무상의 순수
한 부여물"[6]이 아니다. "장미"를 의식하는 시인은 낭만주의

적인 상징물뿐 아니라, 식용 "장미"로서 "누구는 과육을 먹고 누구는 향기를 마시고//삼키는 열매도 있고 터뜨려 먹는 열매도 있다"는 사실 역시 상기해야만 한다.

그런데 시인은 자연을 전유하려는 인간의 욕망이 어떻게 자연과의 분리를 공고히 하고 있는지 되묻지 않는다. 1연과 2연에서 드러난 바와 같이, 자연의 전유를 기정사실화한 인간의 욕망은 어느덧 식욕을 포함한 욕구의 형태로 구체화되었고, 그러한 욕망의 근원을 찾아야 할 이유조차 경제적 원리에 기대고 있는 형편이다. 그럼에도 다음 3연에 이르면 느닷없이 자연과의 화해가 이루어진 시점에서 시적 상황이 전개되는 것이다. 비록 "바다 단전에 찰싹 붙어 어둠을 빨아먹는 밤배는 물의 열매/보름달로 익어 심해를 밝힌다"는 시구로부터 직관적인 이미지 하나를 얻을 수 있다 하더라도, 우리는 그것이 식용 "장미"의 세계로부터 도출된 것인지, 그것과 대비되는 본래적인 자연에서 도출된 것인지는 알 수 없다. 또한 "공기의 낱장을 너무 빨리 넘기지 마라"는 구절에 이르러서야, "장미"가 놓인 공간과 시적 화자가 바라보는 공간이 동일하다는 사실을 짐작할 수 있을 뿐이다.

그간 자연을 다룬 많은 시인들이 있었고, 일상의 자연물, 그리고 그러한 자연물로 이루어진 사물들까지도 유기체로

6 아지자·올리비에리·스크트릭 공저, 장영수 옮김, 「꽃」, 『문학의 상징·주제어 사전』, 청하, 1990, 184쪽.

규정하려는 나름의 독법이 형성되었음을 상기해본다면, 이 정란이 제시하는 비약과 단절의 시적 상황은 쉽게 이해되지 않는다. 다만 자연에 대한 윤리적 판단을 강박하지 않는다면, 우리는 그것이 현실의 식용 "장미"로부터 시작해, "장미"를 먹는 상징적 행위를 배제하고, 배제의 결과로써 발생하는 자연의 직관적 이미지들을 나열한 것으로 생각해볼 수 있다. "대지"의 모든 담수가 "바다"로 흘러들고, 그것이 다시 "달"에 의해 조수간만의 차를 만들고, "물"이 순환하고, 그러는 동안 꽃이 피어 "향은(이) 열매를 통과해 영근 물의 리본"이 었음을 떠올리게 되는 일련의 과정들은, 처음의 "장미"는 물론, "바다"와 "보름달"을 통해 묘사된 "물"의 순환 과정과도 밀접한 관련성이 없다. 오히려 시인은 "공기의 낱장을 너무 빨리 넘기지 마라"는 충고를 통해, 문명화된 대상과 본래의 자연이 손쉽게 관련성을 맺고 판단되는 것을 경계한다.

그렇게 시적 화자의 직관이 발동하는 동안 '지금, 여기'의 어디쯤에서 "장미"는 여전히 식용되고 있으며, 그러한 현실적 문제로 말미암아 "장미는 향을 얻기 위해 거듭 깨어나/수십 장의 살을 바르고 코끝에 가시를 세운다"는 진실이 드러난다. 자연이 인간을 위해 복무하지 않지만, 그렇다고 자연의 존재 자체로 인간의 욕망이 충족되는 것도 아니다. 중요한 것은 "향을 얻기" 위한 몸부림이 반드시 존재한다는 점이다.

언뜻 "장미"에 내재한 자연성의 회복이나 그에 따른 도덕적 판단이 개입된 것처럼 보이지만, 시인은 자연에 대한 직관만을 남겨둔 채, 인간화되어버린 자연으로서의 "장미"가 어떻게 현실에 놓여 있으며, 직관이 가닿을 수 없는 자연은 또 어떻게 포착되고 있는지 되묻고 있다. 자연과 분리된 인간의 욕망은 자연을 의식하고 의미를 부여할수록, 자연과의 접점을 찾아가기는커녕 완전히 분리되어 "발밑에 버린 새빨간 면도날에서 그 향을 맡는 자"의 직관만을 남겨놓는 것이다.

아도르노를 포함해, 자연과의 화해의 불가능성이나 가상으로서의 화해를 언급했던 많은 비평가들이 있었지만, 우리는 '지금, 여기'의 현실이 어떠한지, 자연과의 화해가 도덕적 가치 판단의 대상이 될 수 있는지 등에 대해선 질문을 아껴왔던 것 같다. 자연은 인간에게 기만당했다기보다는 오히려 인간의 직관에 의해, 기만당했으리라 여겨진 장소에서만 출현했던 것은 아닐까? "이를테면"이라는 부사를 동반해야만 잡아낼 수 있는 "빗방울"이란, 이미 그것을 잡아끄는 의지와 무관하게, 혹은 그러한 의지마저도 필연성의 영역으로 포섭한 상태에서의 (비)자연일 것이다.

개화의 순간은 지나고
점점 식어 단단해진 허공에 박힌 채 움직이지 못했다
유리 속에 박힌 압화처럼
의자를 자빠뜨릴 수도 연애를 기도할 수도 구름 올 서두를 수도 없었다
서쪽이 사라졌는지 해가 지지 않아

단단한 허공을 두드리며
서로 눈만 응시하였다

선과 악, 구름하고는 아무 상관없는 일이다

　—「우주의 저녁」부분

　시인의 관심은 손에 쥔 것이 무엇인가를 따지는 데에 있
지 않다. 인용한 시편의 제목처럼, 지구의 "저녁"이라는 자연
이 멀리서 보아 "우주의" 그늘일 뿐이라면, 자연의 본질로서
의 "우주의 저녁"은 그것을 모색하는 것 자체가 무의미할 것
이다. 시인에게 중요한 것은 자연을 대면하는 "개화의 순간"
을 감각하는 것이며, 그 "순간은(이) 지나"면 자연이 우리의
직관에 의해 붙잡힌다는 사실이다. 여기서 "개화"는 시의 흐
름상 꽃이 피는 '開花'를 가리키지만, 근대화로서의 '開化'로
읽어도 크게 문제될 것이 없다. 직관에 붙들린 자연은 자연물
로서나, 근대화의 결과물로서나 "점점 식어 단단해진 허공에
박힌 채 움직이지 못"할 만큼 경직성을 피하기 어렵다.
　그럼에도 그러한 과정이 의미 있는 것은 "서쪽이 사라졌는
지 해가 지지 않"는 난감한 사태 속에서 비로소 "선과 악, 구
름하고는 아무 상관없는 일" 하나가 발견되기 때문이다. 또
다른 시편의 한 구절처럼 "'나'라는 단일한 기호는 '너'에 충
돌하는 순간 파괴되"(「어떤 일부분」)지만 정작 우리는 파괴되

는 것이 어느 쪽인지 알지 못한다. 자연물과 마주하는 일상의 순간순간은 결코 균질하지 않다. 시를 쓴다는 것은 근거 없는 희망을 제시하는 것이 아니지만, 체념이나 허무만을 읊조리는 것도 아니다. 시인에게 그것은 현실에 놓인 자연물과, '받아 적는 것'으로써의 자연을 욕망하는 자가 없다면 애초에 불가능한 일인 것이다.

새와 나뭇잎의 처지는 이미 바뀌어 있었다
내 몸은 투명이 돼가는 도중의 트레이싱 페이퍼
바람이 기대어 자기 뼈대를 더듬어 그렸다

사라지는 동시에 나타나고
나타나는 동시에 사라지는
방향 없는 별 모양

날개도 없는 새가 날아오는 곳에서
바람은 온 듯하다
나를 소리쳐 부르는 여러 명의 어미
나는 거기서 왔다

얼굴 없는 어미를 내가 알아보고
얼굴 없는 나를 어미들이 쓰다듬는다

나목의 숲을 감싼 양수막 안에 내가 서 있다 투명하게

벌거벗었다
옷의 대립이 아닌 그렇게 있음 자체
허(虛)다 맑다

응시하는 누군가를 느낀다
나인 듯도 하고 나를 바라보는 누군가인 듯도 하다

(중략)

모두 맑고
아무도 얼굴을 가지고 있지 않았지만 보였다
들리지 않는 모든 말들이 이해되었다

—「마주친」부분

　이정란의 시 쓰기를 "마주친" 흔적들의 궤적이라고 할 수 있다면, 시인은 그러한 궤적들을 통해 "새와 나뭇잎의 처지는(가) 이미 바뀌어 있"는 현실 속에서 "(비자연물로서의) 옷의 대립이 아닌 그렇게 있음 자체"를 그려낸다. 실재하는 자연은 "사라지는 동시에 나타나고/나타나는 동시에 사라지는/방향 없는 별 모양"이라고 말할 수밖에 없으므로, 인간의 근원으로서의 자연을 노래한다는 것은 결국 "얼굴 없는 어미를 내가 알아보고/얼굴 없는 나를 어미들이 쓰다듬"도록 "벌거벗"은 몸을 내던진다는 것을 뜻한다.

지금껏 그러한 내던짐은 계몽된 인간이 자연을 기만하거나 정복하기 위한 포즈로서 이해되어왔다. 그리고 자연을 정복한 근대화된 인간은 제2의 자연인 사회 체계 내에서 또 다른 인간을 정복하기에 이른 것이다. 하지만 시인은 그러한 포즈가 직관에 의해 이루어질 때, "나인 듯도 하고 나를 바라보는 누군가인 듯도" 한 순간이 도래하는 현실을 직시한다. 그것은 분명 드러나지 않은 자연의 "허(虛)"의 세계일 따름이지만, 직관에 의해 몸을 내던질 때, "모두 맑고/아무도 얼굴을 가지고 있지 않았지만" 비로소 "들리지 않는 모든 말들이 이해되"는 소통의 순간을 기대할 수 있다.

여기서 우리는 빈번하게 인용되는 오디세우스와 세이렌의 신화를 상기해볼 필요가 있다. 뱃사람을 노래로 유혹해 바다로 뛰어들게 만드는 세이렌은 종종 자연으로 언급되고, 뱃전에 몸을 묶은 오디세우스와 오디세우스의 명령에 따라 귀를 막고 노를 저은 선원들은 계몽된 인간, 혹은 근대인으로서 호출된다. 그런데 우리는 오디세우스가 귀를 막지 않은 분명한 이유를 찾아보기 어렵다. 지휘관으로서 안전한 통솔을 위한 것이라면 굳이 몸을 묶을 필요 없이 귀를 막는 것으로 족할 것이다. 그렇지 않고 세이렌의 노래가 사라지는 순간을 귀를 막은 선원들에게 알리려는 목적이었다면, 묶이는 장소가 빈드시 뱃전이어야 할 이유가 없다. 선원들에게 가장 잘 보이는 장소에서, 세이렌의 마력에 직접적으로 노출되었음을 보여주는 오디세우스의 행동은, 그 목적이 자신과 선원들의 안전에만 있지 않다는 걸 의심하게 한다. 즉 선원을 통솔하는 오디세우스는 세이렌(자연)이 아니라 아무것도 들리지 않는 선원들, 오직 시선이라는 직관에 의지해 모든 걸 판단해야 하는 인간들을 기만한 것일 수 있다. 그것이 공동체의 결속력을 다지기 위해서이든 자신의 희생을 강조하기 위해서이든 오디세우스의 행동은 일종의 퍼포먼스였을 수 있고, 그것은 인간을 통솔하기 위해 이미 비어 있는 자연을 호출해 연극을 행한 것과 같다.[7]

하지만 그러한 기만이 반드시 자연을 파괴하고, 인간을 억압해왔다고 속단할 수는 없을 것이다. 오디세우스가 뱃전에 몸을 묶지 않았다면, 우리는 세이렌의 존재 자체를 가늠할 수 없기 때문이다. 세이렌은 오디세우스가 기만을 행사하는 바로 그 자리에서, 실재 자연이 아니라 사회 체계라는 거대한 선체의 뱃머리에 묶인 오디세우스(자연물)를 통해서만 직관적으로 감각된다. 선원들이 무사히 빠져나간 다음에도 세이렌은 죽지 않고 살아남을 것이고, 현실 어디쯤에서 또 다른 직관과 만나게 될 것이다. 바로 그러한 만남을 통해 귀를 막

---

7   대상이 없는 연기(演技)에 대한 시인의 인식은 「주인공-변주」, 「무대 예감」 등의 시편에서 분명하게 드러난다. 이들 시편은 실제 없는 자연을 향해 공연된, 직관만이 남겨진 연극에 관한 작품들로 읽혀질 수 있다. 「주인공-변주」의 마지막 구절을 옮기면 다음과 같다. "# 버려진 희곡 속으로 뛰어든 그녀를 느낀다. 그녀는 아직 무음이다. 까만 투명이다. 건반들이 조금씩 삐걱이더니 저절로 조율이 되었다. 난 그녀 속으로 빨려 들어가 피아노 앞에 앉았다. 그녀 없는 콘서트도 울다"

은 선원들에게 들려온 "들리지 않는 모든 말들"은 "이해"의 실마리를 얻는다.

그렇다면 "이를테면 빗방울"의 세계에 다다르기까지, "살이 살이 되기 이전 갑자기 쏟아지는 빗방울이었던 때를 안다고 말하면 물방울 한 입자에 긁힌 공중의 살결을 기억해"(「살」)야 한다는 시인의 고백은 어떻게 가능한 것일까? 자연을 말하기 위해 자연을 벗어나야만 하는 아이러니를 인지했다고 해서, 그것에 직관을 맡겨버렸다고 해서 달라지는 것이 무엇인지는 우리는 정확히 알지 못한다. 더구나 시인은 「문지 시집 닮은」이나 「마리안느에게 :」 등의 메타적인 시편들을 배치함으로써, '받아 적는 것'으로써의 시가 외부적 요인이나 시인의 기량만으로 이루어질 수 없다는 점을 어렴풋이 드러내고 있다.

확실한 것은 우리가 가닿고자 하는 자연이 비어 있다는 현실과, 그러한 현실 속에서 '받아 적는 것'으로써의 시에 대한 미래의 전망이 부재한다는 점이다. 파울 클레의 그림 '새로운 천사'를 떠오르게 하는 동명의 시편에서 시인은 다음과 같은 에필로그를 덧붙여놓았다. 발터 벤야민이 파울 클레의 그림을 통해, 과거의 사건과 파편들이 공시적으로 중첩되고 그것으로부터 형상하는 현재의 이미지를 보았다면, 시인은 그러한 파편들을 모두 자연물들로 치환하고 있는 것이다.

나도 모르게 몸을 뒤적거렸다. 놀랍게도 손이 몸속으로 푹푹 들어갔다 나왔다 한다. 천사가 내 살을 훔쳐간 것 같다. 마침 석류 씨를 뱉을까 삼킬까 망설이던 중 한 번은 꼭꼭 씹어 삼켰고 한 번은 뱉었다. 칼로 자르면 석류가 아니고 악력으로 자르다 놓치면 와르르 쏟아지는 알갱이에게 감히 천사직을 맡겨본다. 나의 새로운 천사, 방금 삼킨 석류 알 네 속으로 들어간 거 맞죠

　—「새로운 천사」 부분

　대개의 경우 그러한 서술은 알레고리로서 읽혀왔다. 하지만 시인에게 그것은 자연물에 대한 직관적 서술의 결과들이고, 내용상으로도 부분과 전체가 잘 구별되지 않는다. "칼로 자르면 석류가 아니고 악력으로 자르다 놓치면 와르르 쏟아지는 알갱이"는 사실상 자연의 일부로서의 "석류 알"이라기보다, 그 자체가 이미 분절될 수 없는 자연물로서 놓이게 된다. 그리고 그 자연은 인위적인 "칼로 자르"든 맨손의 "악력으로 자르"든 완전하게 장악하거나 전유할 수 있는 대상이 아니다. 시간이 지남에 따라 "칼"이냐 "악력"이냐의 논란이 가중된다면, 허무함만 남은 역사는 퇴보를 피할 수 없다.

　그런데 시인은 바로 이 지점에서 "감히 천사직을 맡겨본다"고 선언하는 것이다. 그것은 "방금 삼킨 석류 알"이 어떤 의미를 함축하고 있기 때문이 아니다. 서두에서 살펴보았던 여는 시 「석류」에서도, 그것은 단지 "끝내 붉은 기억만/영 캐

럿”인 대상일 뿐 어떤 것도 지시하지 않는다. 남는 것은 “방금 삼킨 석류 알”을 “천사”로 명명하고 인식하려는 시인의 직관뿐이다. 다시 말해, 시인에게 “천사”로 보이는 “석류 알”은 그저 그렇게 보였을 따름인 것이다.

앞서 언급한 “살이 살이 되기 이전 갑자기 쏟아지는 빗방울이었던 때를 안다고 말하면 물방울 한 입자에 긁힌 공중의 살결을 기억해”(「살」)야 하는 상황을 인과적으로 설명하기란 불가능하다. 하지만 그것이 직관에 의해 포착될 수 있다면, 언제 어디서든 “기억”될 수 있는 무엇이 될 수도 있다. 직관은 “새로운 천사”와 마찬가지로 윤리적 판단은 물론 미래에 대한 전망과도 무관하다. 그것은 자연과 비자연, 자연과 문명이 나누어지기 이전부터 존재해왔으며, 끊임없이 현실과 마찰하면서 형성되어온 것이다. 그리고 무엇보다 개인의 자유의지가 “자유로워지라”는 당위가 아닌 직관에 의해 드러나게 될 때, 우리는 자연 필연성을 벗어난 자유를 꿈꿀 수 있다.

내 몸에서 썩은 내가 나
살아 있는 꽃은 안 썩어, 언니

바람으로 누가 찻물을 끓이나 봐
바람이 활활 끓어
생강나무꽃 노란 향을 젓다 손가락을 데었어

꾸지뽕은 비탈에 좋고 찔레꽃은 삐끗에 좋대

새로 피어난 언니는 어디에 좋아?

(중략)

내가 지나간 후 누군가 잘 우러난 발자국 마시면서
후루룩 후-후 내뱉는 꽃 이름을 알려줘

어서 그냥 네 갈 길 가
독초 약초 다 잊고 명치의 통증을 동서남북 삼아

—「꽃차」부분

  역사의 변증법적 진보를 믿는 이들이라면, 이 시집의 후반
부에 실린 시편들을 자연과 인간이 합일을 이루는 낙관적인
결말로 이해해도 무방하다. 그러나 보통의 희망과 이따금 찾
아오는 우울을 겪는 이들이라면, 그래서 한 번쯤 자연으로의
도피를 생각해본 이들이라면, 이 시편과 시집을 가슴 아프게
읽고서 일상의 행동들에 대한 여하한 후회를 단념해도 좋을
것이다. 이 세계의 모든 자연물들이 그 효용으로 인해 소중한
것이 아니듯, 인간 역시 그의 행동과 역할에 따라 절대적 가
치가 평가되는 것은 아니기 때문이다. "몸에서 썩은 내가 나"
는 죽음의 시간이 다가오더라도 그것은 '가치 있음'과 '가치

없음'의 잣대로 평가될 수 없을뿐더러, 스스로의 책임이 뒤따르는 자유 의지의 결과라고 단언하기도 어렵다. "새로 피어난 언니"처럼 시간의 순서마저 뒤바뀌는 직관의 영역에서, 가장 가치 있는 것은 "생강나무꽃", "꾸지뽕", "찔레꽃"이 아니라 그것을 찾고 그 효능을 떠올려보는 모든 아픈 존재들이다. 바로 그 현실의 아픔들이 "바람으로 누가 찻물을 끓이"는 세계를 만들고, "지나간 후 누군가 잘 우러난 발자국 마시"도록 하는 것이다.

시인은 이제 "독초 약초 다 잊고 명치의 통증을 동서남북 삼아" 나아가라고 말한다. 물론 그 "통증의 방향" 끝에는 어떤 자연도 자연의 묘약도 존재하지 않는다. 어쩌면 "아지랑이를 뒤편에서 지켜보는 꼬리는/고양이의 것인가 아지랑이의 것인가/아지랑이는 의지인가 현상인가"(「햇빛에 녹는 고양이」) 예상치 못한 혼란에 빠질 수도 있다. 하지만 "어서 그냥 네 갈 길"을 가다 보면, 가늠을 수 없는 자연의 크기만큼, 자연을 더 자연스럽게 만드는 우리의 현실이 아슬아슬하게 당신을 기다리고 있을 것이다. 당신 오지 않았더라도 여전히 아름다운 모습 그대로 말이다.

이를테면 빗방울

초판 1쇄 발행 ｜ 2017년 9월 28일

지은이 ｜ 이정란
발행인 ｜ 이상언
제작총괄 ｜ 이정아
편집 ｜ 송승언
디자인총괄 ｜ 이선정
디자인 ｜ 김진혜

발행처 ｜ 중앙일보플러스(주)
주소 ｜ (04517) 서울시 중구 통일로 92 에이스타워 4층
등록 ｜ 2008년 1월 25일 제2014-000178호
판매 ｜ 1588 0950
제작 ｜ 02 6416 3933
홈페이지 ｜ www.joongangbooks.co.kr
페이스북 ｜ www.facebook.com/hellojbooks

ISBN 978-89-278-0897-8 03810

• 이 책은 저작권법에 따라 보호받는 저작물이므로 무단 전재와 무단 복제를 금하며
  책 내용의 전부 또는 일부를 이용하려면 반드시 저작권자와 중앙일보플러스(주)의
  서면 동의를 받아야 합니다.
• 책값은 뒤표지에 있습니다.
• 잘못된 책은 구입처에서 바꿔 드립니다.

문예중앙은 중앙일보플러스(주)의 문학 단행본 브랜드입니다.

문예중앙시선 목록